AF439798

Historias de un esquizofrénico que no quería serlo, pero que lo era

Moisés Moran Vega

Índice

El número de serie

Amaneció el día como otro cualquiera. El mismo ruido en las calles, las mismas caras a la misma hora y los mismos problemas en el mundo. Marcos se levantó para acudir a su trabajo. Se dirigió al cuarto de baño y se miró al espejo porque sentía un ligero dolor en el ojo derecho. Se quedó perplejo al ver que en su pupila le habían grabado un número de serie.

—! No!, ¡otra vez no!

Se vistió tan rápido como pudo, levantó el teléfono, llamó a su jefe y le dijo que ese día no podría ir a trabajar porque tenía un problema que iba a tardar algunas horas en resolver. Su jefe estaba harto de sus historias de paranoico, pero no podía prescindir de él porque, sencillamente, en lo suyo era el mejor y, cuando estaba en sus cabales, sacaba el trabajo de tres operarios.

Abrió todos los cajones buscando las jodidas gafas negras, que por algún lado tenían que estar, pero que no aparecían. No quería salir con el ojo al descubierto y que todo el mundo pudiera ver su *problema*. Por fin, las encontró. Salió a la calle y se dirigió a la primera oficina de información turística que encontró.

Esperó pacientemente a que abriera, porque había llegado a las ocho en punto de la mañana. Vio llegar a la azafata y cuando esta dio por abierta la oficina, Marcos se dirigió a ella y le preguntó:

—¿Usted sabe guardar un secreto?

—¿Un secreto? ¿Qué secreto? —le replicó incrédula la azafata.

Se colocó las gafas de sol en la cabeza, se acercó lo más que pudo a la señora, abriendo con ambas manos su ojo derecho, y le dijo:

—¿Usted no ve con claridad un número de serie escrito en mi pupila?

—No, no lo veo. No veo nada, señor.

—¿A qué organización pertenece usted?

—¿De qué me está hablando? Usted está como una jaira[1], caballero.

—Está claro que me he equivocado de oficina —le dijo con una mueca de enfado.

Se alejó de la oficina turística. Le sonó el móvil. Atendió la llamada y, a continuación, se colocó la pantalla del teléfono frente al ojo derecho. Esperó unos instantes, mientras algún transeúnte lo miraba preguntándose qué demonios estaba haciendo, y se guardó el aparato en el bolsillo.

A toda prisa se dirigió al coche más cercano para poder ver la pupila del ojo derecho en el espejo. Como quiera que tenía dificultades para poderla ver con comodidad, sin más, le dio un puñetazo al retrovisor del coche, arrancándolo de cuajo. Lo cogió del suelo, abrió el ojo lo más que pudo y respiró con tranquilidad, el número de serie había desaparecido. Ahora podía volver tranquilo a su trabajo, había logrado neutralizar el no-sé-cuan-tos-in-ten-tos, (ya había perdido la cuenta) de *La Organización* de controlar su vida. Ellos estaban por todas partes.

El agua envenenada

El estrépito de la bocina llenó toda la nave. Como autómatas, todos los trabajadores se dirigieron hacia los vestuarios para darse una ducha ligera e irse a descansar después de una intensa jornada.

Marcos la oyó, pero siguió concentrado en aquellas planchas de hierro negro con las que llevaba trabajando toda la mañana. No iba a irse hasta terminar el cordón de soldadura que fijaba las dos planchas. Cuando se concentraba en un trabajo, no había quien lo sacara de él. De una manera o de otra, siempre acababa los trabajos que comenzaba.

A eso de las siete y media de la tarde, dio el definitivo punto de soldadura del cordón, se levantó la careta protectora, miró su reloj, dirigió su mirada hacia el contenedor de seis metros que hacía las veces de oficina y se encontró con la mirada de su jefe que estaba cerrando las cuentas del día. Le sonrió, mientras pensaba que Marcos estaba como una cabra pero era un excelente trabajador.

Bajo la ducha, mientras el agua enviaba al desagüe los últimos restos del gel de hierbas aromáticas con extracto de aloe vera y, sin saber muy bien por qué, pensó en su primo Dalmacio. Hacía mucho tiempo que no lo veía.

Sin darle demasiadas vueltas, cogió su viejo coche japonés y se dirigió sin demora a realizar una visita a su primo.

Al llegar a su portal, se quedó unos instantes frente al recién inaugurado portero automático. Nunca le habían gustado los chismes electrónicos, decía que eran fácilmente manipulables por *La Organización*. Se metió la mano en el bolsillo derecho de su pantalón vaquero, sacó un pañuelo blanco, enroscó una de sus puntas en el dedo índice, a modo de guante, y fue bajando uno a uno los botones hasta llegar al tercero izquierda. Lo accionó y esperó la respuesta. Quince segundos después, una voz masculina, enlatada, salió del intercomunicador y preguntó:

—¿Quién es?

—Yo.

—¿Y quién coño es *yo*?

—Tu primo Marcos.

—¡Marcos! Es que no me acostumbro a esta mierda de portero. Espera, que te abro.

Sonó un quejido metálico y el mecanismo de la puerta se abrió. Marcos subió uno a uno los escalones, contando mentalmente cuantos había. Al llegar al rellano del tercer piso, se encontró con su primo esperándolo sonriente en la puerta y le gritó:

—Joder, estás más perdido que Wally. ¿Cuánto hace que no nos vemos?

Y sin venir a cuento, Marcos le contestó con una pregunta:

—¿Sabes cuántos escalones hay desde el zaguán hasta aquí?

—Ni puta idea, primo.

—Pues exactamente treinta y tres. Eso es bastante extraño, porque suele haber diez escalones entre piso y piso. Deberías pensar en eso.

—Joder, primo, tú siempre con tus paranoias… Bueno, ¿y qué te trae por aquí?

—Nada en particular. Me estaba duchando y pensé en ti.

—Espero que no hayas imaginado que se te caía el jabón y todo eso… ¿No te estarás volviendo maricón?

—Ssshhh, no digas esas cosas, solo tuve el impulso de venir a verte. Solo eso... Estoy muerto de sed.

—En la cocina hay agua.

Marcos se levantó y se dirigió a la cocina. Al regresar vino con el rostro serio, como si hubiera visto un fantasma.

—¿Qué pasó, primo?, ¿y esa cara?

—¿Por qué me quieres envenenar? —le preguntó con el gesto serio.

—¿Qué coño dices, Marcos? Tú estás como una jaira, tío.

—Entonces, explícame porqué el agua de la talla que hay en la cocina tiene un sabor extraño, como a almendras amargas.

—Pero, ¿has dejado la medicación? — le preguntó con ironía—. Pues claro que tiene un sabor raro, hemos mezclado agua y anís para quitarle el sabor y el amargor del barro. Por eso te sabe mal, ¿entiendes?

—No lo entiendo. Gracias a Dios que lo escupí en el fregadero, sino estaría aquí tumbado echando espuma por la boca y en manos de *La Organización*. Ahora comprendo por qué tuve ese impulso irrefrenable de venir a verte. De alguna manera *La Organización* me lo metió en la cabeza. Es la única explicación.

—¿Qué Organización? ¿De qué estás hablando?

—Bueno, me tengo que ir. Ellos están en todas partes, primo, en todas partes.

Salió dando un portazo, saltando de tres en tres los escalones y corriendo por las calles en busca de su coche, mientras su primo Dalmacio no daba crédito a lo que había vivido.

La reja

A Dalmacio hacía algunos días que le habían entregado el pequeño dúplex adosado, después de mil y una peripecias con la constructora que, como ocurría siempre, incumplió todos los plazos habidos y por haber, y se lo dio tres años después de lo contratado.

En una primera inspección del dúplex, pudo comprobar que la ventana de la cocina, que daba directamente a la calle, necesitaba con urgencia algún elemento de seguridad adicional, ya que solo tenía el marco de aluminio y el cristal.

Sopesando mucho lo que había ocurrido con el agua, cuando llegó a casa de su madre, a eso de las tres de la tarde, cogió su teléfono móvil y llamó a su primo Marcos. Después de cinco tonos, su primo contestó:

—¿Sí? ¿Quién es?

—Dalmacio, tu primo.

—¡Oh, primo!, ¿cómo te va?

—Bueno, ya sabes, unas veces bien y otras no tanto. Te llamaba para que me hicieses un favor. Me acaban de entregar el dúplex, y como necesito colocar una reja de hierro en una de las ventanas que dan a la calle, me he acordado de ti.

—Sabes que no hay problema, medimos, compras los hierros y te monto la ventana.

—¿Cuándo podemos quedar? —preguntó Dalmacio.

—Hoy mismo. Pasa a buscarme por mi casa a eso de las siete.

—¿Sigues viviendo en el mismo sitio?

—Sí, claro, aunque dentro de poco tendré que mudarme. No me gusta quedarme mucho tiempo en una misma casa. Yo tengo que estar continuamente en movimiento. Estos están por todas partes.

—¿Quiénes? —se interesó Dalmacio.

—Olvídalo. Te espero a la siete.

A las seis y media de la tarde, Dalmacio cogió su viejo Seat Panda y se dirigió a casa de su primo. Cuando llegó, Marcos ya lo estaba esperando en la calle. Subió al coche y después de unos minutos de conversación, y mientras se dirigían hacia casa de Dalmacio, éste le preguntó:

—¿Qué tal te va con las tías?

—Ahora no tengo novia.

—Bueno, tendrás alguna novieta, ¿no?

—No. No tengo. Las novias son un problema. Se meten en todo.

Dalmacio, encendió la radio para oír un poquito de música y hacer más llevadero el trayecto. Su primo lo miró fijamente, sin decir nada. Dalmacio siguió con la conversación.

—Coño, pues, entonces, te tocarás algunas pajillas, digo yo, para matar el hambre.

Su primo lo volvió a mirar como si hubiera mentado al diablo. Abrió los ojos, mirando hacia la radio, pero su primo no entendía nada de lo que estaba ocurriendo.

—¿Qué pasa? —preguntó Dalmacio.

Marcos le señaló la radio con el dedo índice, se llevó el mismo dedo hacia la oreja derecha y luego, uniendo el índice y el pulgar, se los llevó a la boca, realizando un gesto como si cerrara una cremallera.

Dalmacio recordó, por unos instantes, el incidente del agua envenenada, pensó que su primo había perdido el tino y encogiéndose de hombros, levantó las palmas de las manos preguntándole que era lo que pasaba. Marcos simplemente se llevó el índice a los labios, haciendo el gesto de silencio, para indicarle que no hablara.

Condujo hasta su nueva casa. Cuando llegaron, Dalmacio salió del coche y le espetó:

—Pero, ¿qué coño pasa, Marcos?

—No tenías que haber encendido la radio. Todas están intervenidas y estabas tratando temas muy peliagudos y personales. Ellos están buscando toda la información posible sobre mí. Pero ya está. Cuando subamos de nuevo, no la enciendas, por favor.

—¿Y por qué no me dijiste que la apagase?

—Porque lo habrían sabido. No me gusta que sepan que yo conozco que me están siguiendo.

—Bueno, Marcos, vamos a lo que hemos venido — dijo con un mohín de enfado.

Marcos cogió el metro, midió aquí, allá y le apuntó, en un trozo de cartón que encontró por allí, todo el material que tenía que comprar y quedaron en que lo llamaría el fin de semana para ponerse manos a la obra con la reja.

Dalmacio quería esperar al viernes, que era el día que cobraba, para comprar los cinco hierros y la pintura blanca. Pero justamente el jueves por la noche recibió una llamada de Marcos.

—Primo, suspende la operación.

—Pero, Marcos, ¿qué operación?

—Sabes perfectamente qué operación…

Dalmacio dedujo que se refería a la construcción de su reja de hierro. Volvió a oír el sonido seco cuando su primo colgó al otro lado, dejándolo con un palmo de narices y sin la dichosa reja.

Al final, llamó a un conocido que tenía una carpintería de aluminio y que le hizo, en quince días, una flamante ventana de aluminio, con lamas abatibles de color blanco, mientras pensaba qué coño le pasaba a su primo Marcos.

El control remoto

Eran las tres de la mañana cuando sonó el teléfono. El último politono *Dionisiooooooo, coge las cabrassssss, ehaaaa, ehaaaa, ehaaaa, riauuu, riauuu, Dionisiooooooo, Dionisiooooooo, etc...* retumbó en toda la casa de Dalmacio, que se levantó como un resorte y con el corazón en un puño. Encendió la luz, cogió el móvil, miró con rabia la pantalla táctil para saber quién coño había llamado a esas horas de la madrugada, pero no reconoció el número de teléfono. Con la voz ronca y malhumorada contestó:

—¿Quién es?

—¿Es usted Dalmacio Hernández?

—Casi. A estas horas una parte de mí está hablando con usted y la otra está dormida, dulcemente, en mi cama. ¿Quién pregunta?

—Soy el sargento Monagas. Le llamo de la Jefatura de la Policía Local de Las Palmas de Gran Canaria. Tenemos aquí a un señor, que según la documentación, se llama Marcos, que ha tenido un accidente, nada grave para lo que podía haber sido, y que nos ha dado su teléfono. Dice que usted vendrá y que nos aclarará lo sucedido, porque nosotros no damos crédito a lo que nos cuenta. ¿Es usted su abogado?

—No, sargento, no. Soy su primo —dijo con resignación.

—Pues venga lo antes posible porque tenemos que hacer unas diligencias informativas y no sabemos por dónde empezar.

—¿Está borracho?

—No, le hemos hecho dos veces el control de alcoholemia y en los dos, ha dado cero.

—De acuerdo. En treinta minutos estaré ahí. ¿Ustedes están en Miller Bajo?

—Sí, ahí, no nos hemos cambiado.

—Vale, hasta ahora.

Dalmacio se lavó la cara, se vistió lo más rápido que pudo, bajó las escaleras, abrió la cancela y se subió a su nuevo coche japonés. Al entrar, puso la calefacción porque hacía un frío que pelaba. *Diez grados,* se dijo mirando el termómetro digital del salpicadero. Mientras entraba un poquito en calor, puso la radio, sintonizó la primera cadena que encontró y se detuvo a pensar en su primo por unos instantes.

Hacía más de un año que no sabía nada de él. La última vez que lo había visto había sido cuando el asunto de la reja. No pudo reprimir una sonrisa al pensar en toda aquella historia. A los diez minutos, arrancó y se dirigió hacia la Jefatura.

La noche estaba clara, ni una nube en el cielo, ni un alma en la calle, solo el silencio. Hacía mucho tiempo que no conducía en la madrugada. Había olvidado la agradable sensación de recorrer, de cabo a rabo, las calles de aquella ciudad, cuando no podía dormir o cuando necesitaba estar solo para resolver sus problemas con la humanidad.

Al llegar a Miller Bajo, aparcó a unos metros de la entrada de la Jefatura. Entró y le dijo al policía de la recepción que preguntaba por el sargento Monagas.

Después de unas llamadas y de unos instantes, apareció el sargento. Era un tipo orondo que, por lo visto, había abandonado hacía ya muchos años el ejercicio físico. Tenía una barriga que le sobresalía algunos palmos, fruto del buen comer y de la buena cerveza. Dalmacio, cuando lo vio acercarse, se lo imaginó vestido de Papa Noel, con su traje rojo y blanco, su campana y el saco de regalos para todos los niños del mundo. Una voz grave corroboró que sería un buen Santa Claus y lo despertó de su ensoñación diciéndole:

—Soy el sargento Monagas. Tenemos a un sujeto en la sala de espera al que hemos encontrado hace hora y media en una cuneta de la carretera de Jinámar. Cuando lo encontramos, estaba sin sentido, y el coche, siniestro total.

—Pero ¿qué le ha pasado?, ¿se quedó dormido?

—A ver, eso es lo que yo supongo, eso es lo que quiero poner en la diligencia del accidente, que se quedó dormido, que perdió el control del coche, que se salió de la carretera, que no lo pudo controlar y como consecuencia, tuvo el accidente.

—Bueno, ¿y qué problema hay?

—Que no quiere firmar la diligencia, porque dice que no se quedó dormido.

—¿Entonces?

—Dice que *La Organización*, por control remoto, apretó el acelerador hasta poner el coche a ciento veinte, y que luego él tiró del freno de mano y se estrelló contra el muro.

—¿Qué? No me lo puedo creer. ¡Joder! Y menos a estas horas.

—Y claro, llevo más de una hora intentando convencerlo, pero no hay forma. Por eso lo hemos llamado.

—¿Puedo hablar con él?

—Sí, claro. Sígame.

Se dirigieron a la sala de espera, donde se encontraba Marcos. Al verlo, se levantó y le espetó:

—Esta vez se han pasado. Han querido matarme, primo. Pero no lo han conseguido. Salí tarde del trabajo. Sabes que no me gusta dejar trabajos a medias y además, no tenía sueño. Cuando entré en el coche, la radio estaba encendida, ahí empecé a sospechar, porque yo nunca dejo la radio encendida y ellos utilizan las ondas de radio para controlar los coches, no sé si lo sabes. Pero no le di importancia. Al ratito de estar conduciendo, el coche comienza a acelerar solo, y a pasarse de un carril a otro superrápido. Gracias a Dios que no había ni un alma por la avenida. Intenté abrir la puerta para saltar, pero no podía. Ellos tenían todo el control. No podía hacer nada, hasta que pensé que mi única salvación era el freno de mano. Así que cuando ellos me dirigían hacia su sede secreta, tiré del freno de mano, el coche empezó a girar sobre sí mismo y dio dos vueltas de campana, hasta que perdí el conocimiento. Me despertaron los de la ambulancia. Estoy vivo de milagro y ellos no se han salido con la suya.

—Pero ¿qué me estás contando, Marcos?

—Lo que oyes, primo, lo que oyes. Cada día están más cerca.

—De acuerdo. Pero —improvisó Dalmacio porque quería irse a dormir—, primo, si no firmas la diligencia del accidente, no te van a dejar salir, y además, ¿cómo se te ocurre contarles ese asunto de *La Organización* o tú te crees que alguno de estos no forma parte de ella? Si te quedas un minuto más quién sabe lo que te podrán hacer. Así que, tú mismo…Yo creo que lo mejor es decir que te quedaste dormido y para casita a descansar.

—¡Joder, primo, no había pensado en eso! ¡Qué fallo he cometido!

—Bueno, voy a buscar al sargento para que te traiga el parte, para que lo firmes.

—Sí, sí, date prisa, tengo que salir de aquí rápidamente.

Dalmacio salió en busca de Monagas y lo encontró tomándose un café junto a unos compañeros. Se acercó hasta el lugar donde estaban y le dijo, con tono de disculpa e inventándose la primera historia que le vino a la cabeza:

—Es que está pasando una mala racha. Tiene tratamiento con antidepresivos muy fuertes, a veces se le va un poco la cabeza, con alucinaciones y cosas de esas. Me acaba de decir que se quedó dormido y que le lleve la diligencia para firmarla.

—Bueno, ¡por fin! Ya me estaba cabreando un poco.

—Y no es para menos, sargento, no es para menos.

Después de que Marcos firmara todos los papeles, él y Dalmacio salieron de la Jefatura, se metieron en el coche y con la radio apagada, Dalmacio le dijo:

—Primo, tú no estás bien, tío. Tienes que buscarte un psicólogo o un psiquiatra. No puedes seguir así.

—¿Así, cómo?

—¡Joder, primo! ¡Casi te matas hoy!

—No, primo, casi me mato, no, casi me matan. Eso es muy diferente.

Dalmacio no dijo nada más, puso el coche en marcha, encendió la radio para que su primo no hablara más y lo llevó a su casa, pensando que estaba, irremediablemente, como una cabra.

La persecución

Ya habían pasado más de seis meses sin que Dalmacio tuviera noticias de su primo, cosa que agradecía enormemente, porque cada vez que se encontraba con él, siempre se topaba con algún problema o con alguna historia increíble. Pero esa situación iba a cambiar pronto. El último viernes del mes de mayo de 2006, que era su trigésimo tercer cumpleaños, cuando se encontraba tomándose un chocolate con churros en la churrería de La Naval, a las ocho de la mañana, entró su primo Marcos. Al principio no lo reconoció, cuando lo vio entrar con aquellas gafas negras que le cubrían media cara, el pelo teñido de un rubio platino que deslumbraba, una barba pelirroja, a todas luces postiza, y un mono de trabajo azul marino, aderezado con grandes y pequeñas manchas de grasa y multitud de agujeritos producidos por las escorias incandescentes de la soldadura.

Dalmacio llevaba muchos años haciendo la parada ritual de todos los viernes, saliera el Sol por donde saliera, en la churrería de La Naval porque, sencillamente, le encantaban los churros con ese punto exacto de aceite y de fritura. Entre churro y churro se leía, porque ya no había más tiempo, los titulares de *La Provincia* y del *Canarias 7*.

Mientras hojeaba la página cuarenta y siete, el del pelo rubio platino llamó a la camarera porque no le hacían ni puñetero caso. Al instante, Dalmacio reconoció la voz de Marcos.

Dalmacio giró despacio la cabeza, hacia el lugar donde se encontraba el que era supuestamente su primo, que seguía, insistentemente, levantando la mano para pedir un cortado *leche y leche* y cinco churros, sin que nadie le hiciera el menor caso. Reflexionó durante unos instantes sobre la conveniencia de saludarlo, pero justo cuando estaba inmerso en esa reflexión, oyó como aquel personaje, que parecía salido de una amanecida de la cabalgata del carnaval de Las Palmas de Gran Canaria, le decía:

—¡Primo!

Su primo se quedó medio minuto fingiendo como que no lo había oído. Pero ante su insistencia, giró la cabeza y se quedó tres milisegundos mirándolo, con una mueca de extrañeza, para ver si de esta forma desistía del intento. Pero no fue así.

—¡Primo! —volvió a gritar, esta vez quitándose las gafas oscuras para que Dalmacio lo reconociera.

—¡Coño, Marcos! No te había reconocido —le mintió al tiempo que pensaba: ¿Quién coño sería capaz de reconocerlo?

Marcos se levantó y se sentó junto él. Dalmacio viendo que no había Dios que lo atendiera, dijo:

—¡María! Un chocolate y cinco churros, y apúntalo a mi cuenta.

— ¡Marchando, Dal!

A los tres minutos, Marcos comprobó que su primo era un cliente de los habituales, porque, en ese tiempo, ya tenía sobre la barra el esperado desayuno.

— Chacho, ¿y esas pintas?, ¿esa barba es postiza? —le preguntó Dalmacio, yendo directamente al grano.

—Ufff, no es por gusto. Me he tenido que teñir el pelo, comprarme estas gafas y la barba en un 150.

—¿Por…?

—A ver por dónde empiezo. El lunes pasado, mi jefe me dijo que al día siguiente tenía que ir a Tenerife a hacer un trabajo de soldadura en unas naves que tiene en Santa Cruz. Hasta ahí, todo bien. Pero cuando salgo por la tarde del curro, me encuentro a dos tipos muy raros delante de un Ford negro matrícula de Barcelona. Se me quedan mirando y uno de ellos, nada más verme, cogió su teléfono móvil, empezó a hablar no sé con quién e incluso, creo que me sacó una fotografía con la cámara del móvil.

>>Pues nada, cogí mi coche y me fui a mi casa. A las seis de la mañana, cuando salí para coger el avión, no vi a nadie, pero cuando llegué al aeropuerto de Gran Canaria, ¡coño! ahí estaban de nuevo, aparcados en la parada de taxis con el Ford negro. Se quedaron mirándome durante un buen rato. Yo entré para facturar, me giré y los cabrones me estaban siguiendo.

>>Mi jefe me estaba esperando con tres compañeros más que también iban para el *chicharro*[2]. Cuando llegué hasta donde estaban ellos, el jefe me fue a entregar la tarjeta de embarque, pero le dije que no iba. Le expliqué mis razones, que estaban todas relacionadas con la persecución a la que estaba siendo sometido desde el lunes por parte de *La Organización*, pero el muy cabrón

se cabreó y me dijo que o subía al puto avión o que al día siguiente me ponía de patitas en la calle. Yo le dije que se metiera el trabajo por el culo, que primero era mi seguridad. Y lo dejé con la palabra en la boca. Lo curioso es que, cuando salí, los dos espías no me siguieron, seguramente porque sabían que los había descubierto. ¿Qué te parece la historia?

— ¿Que qué me parece? Coño, primo ¿no será que estás un poquito paranoico?

—¿Para… qué?

—Pa-ra-noi-co. Que tienes manía persecutoria.

—Mira, primo —dijo en un tono muy serio—, esos dos tíos que estaban en el aeropuerto son los mismos que estaban en el muelle, de eso estoy seguro. Esos son de *La Organización.* ¿O tú te crees que a mí me gusta salir a la calle disfrazado?, ¡joder! Es que no puedo ni salir a comprar el pan sin que me persigan. Están por todos lados. Pero lo que me trae de cabeza es que no sé qué es lo que quieren.

—Tú estás mal, primo, tú estás mal —sentenció Dalmacio, dejando sobre la mesa cinco euros y saliendo de la churrería sin despedirse ni de su primo ni de nadie.

Teléfonos móviles

Dalmacio se levantó temprano aquel último domingo de mayo. Hacía tiempo que no desayunaba, un domingo, un buen chocolate con churros en el patio de su casa, leyendo las últimas noticias en la prensa escrita local.

Así que, sin pensarlo dos veces, se puso el pantalón corto, la primera camiseta que encontró en su habitación, se calzó las chanclas y se dirigió caminando hacia la churrería que estaba a diez minutos de su casa. Al salir, miró hacia el cielo y pensó: *despejado; esta tarde, a eso de las cinco, un bañito en Las Canteras*. Recorrió los escasos cuatrocientos metros que separaban su dúplex de la churrería. Al entrar, la encontró como todos los domingos, llena hasta los topes. Nunca le habían gustado las colas, le ponían enfermo. Tuvo un impulso de salir y dejar los churros para otro día, pero se dijo *¡Qué coño, hoy es domingo!* Así que carraspeó la garganta y le dijo al camarero:

—Un euro de churros, *La Provincia* y un chocolate para llevar. El camarero lo miró con un mohín de mala gana y siguió dándole vueltas a la rueda de churros con el palo de una escoba.

Cada minuto que pasaba, la cafetería se llenaba más y más, hasta el punto que ya había gente esperando fuera. Al cabo de diez minutos, se percató de que había un dispensador de números que estaba oculto tras una muralla humana, que resultó ser un tipo que no medía menos de dos metros, con una espalda en la que se podía acampar perfectamente. Atando en corto las ganas irrefrenables de irse para su casa y de mandar a los churros a tomar por el culo, respiró hondo, pensó en el espléndido día de playa que se presentaba, y se metió como pudo entre toda aquella gente hasta que llegó a coger el dichoso número. El número resultó ser el treinta y cinco. Se echó un poquito hacia atrás para ver el contador luminoso que digitalizaba los números en rojo y vio que marcaba el diez.

— ¡Joder! Con suerte me como los putos churros para el almuerzo —masculló malhumorado, pero aguantó como un jabato.

Mientras esperaba, decidió que el lunes siguiente se compraría un número de ciegos para el viernes, el 35.010. Siempre le habían gustado los juegos numéricos.

Por suerte para su paciencia, los números corrieron con cierta velocidad, hasta que oyó como gritaban su número.

—El treinta y cinco.

—¡Aquí! Quiero un euro de churros, *La Provincia* y un chocolate para llevar.

—Marchando. Un *ebro* de churros, la *Provi* y un choco para llevar —gritó el camarero a un ente indeterminado que Dalmacio no adivinaba a identificar.

A los cinco minutos de espera, le trajeron sus churros, su periódico y el chocolate. Cuando salía, empezó a sonar su teléfono móvil. Miró la pantalla táctil de su aparato de última generación, y comprobó que era un número oculto. No contestó, nunca respondía a este tipo de llamadas.

Después de unos instantes y de haber recorrido algunos metros, el móvil volvió a emitir el particular politono del cabrero. Cogió el teléfono y vio que el de la llamada oculta volvía a insistir. Cortó nuevamente. No pasaron quince segundos y el aparato sonó con insistencia. Dalmacio decidió contestar.

—¿Sí? ¿Quién es?

—Yo

—¿Y quién coño es *yo*?

—Tu primo Marcos.

—¿Marcos? Pero, maricón ¿por qué me llamas con llamada oculta, tío? ¡Hay que joderse! Me molesta mucho que la gente no se quiera identificar.

—No me gusta que vean mi número. Últimamente me están pasando cosas muy raras. Además, aunque no hubiese puesto la llamada oculta, tampoco habrías podido conocer este número porque es nuevo. Cada tres meses cambio de número de móvil.

—¿Por qué?

—Porque no sé si sabrás que a través de ese aparatito te pueden localizar por medio de unos satélites especiales, que tienen un margen de error de dos metros, y no te quiero contar el asunto de la grabación de las conversaciones. Yo sólo enciendo el móvil cuando voy a llamar, es más, cuando lo apago, le quito la tarjeta y la batería. No me fío un pelo. *La Organización* está por todos lados.

—¿Otra vez con la dichosa *Organización*? Tú te pasas, tío, te pasas tres pueblos…

—Que no, primo, que no, que hay que estar atentos. Justamente por eso te llamo.

—A ver, cuéntame, que no quiero que se me enfríen los churros.

—Hace más de cuatro meses, antes de empezar con mi política de defensa activa contra *La Organización*…

—¿Defensa activa? —le preguntó su primo con incredulidad.

—Sí, la defensa activa es quitarle la tarjeta y la batería al móvil. Pues, como te decía, hace cuatro meses comencé a oír sonidos extraños cada vez que llamaba o me llamaban.

—Eso es la falta de cobertura —afirmó Dalmacio.

—No, no, primo. Es más, incluso, en medio de la conversación, oía mensajes ocultos.

—¡Pero, Marcos…!

—Pues estos, como no han podido controlarme de otra manera, ahora lo están haciendo a través del móvil. Los mensajes son del tipo *control, control, control…; sumisión, sumisión, sumisión…; silencio, silencio, silencio…* y los repiten durante toda la conversación. Al principio pensaba que eran cosas mías, hasta que presté toda la atención e incluso alguno lo grabé.

—Marcos, tío, que nadie intenta controlar tu vida.

—¿Y cómo te explicas que desde que estoy con la política de defensa activa, ya no oigo esos mensajes subliminales?

—Primo, llevamos hablando más de treinta segundos y los churros se me enfrían, ¡joder!

—Me he despistado. A partir de los cuarenta segundos ya localizan la llamada. Ahora tendré que cambiar de tarjeta. ¡Mierda! —cortó el teléfono dejando a su primo con la palabra en la boca.

Dalmacio llegó a su casa con el chocolate tibio, los churros casi fríos y con una sonrisa en la boca pensando en las locuras de su primo Marcos.

El virus

El verano había entrado como tienen que entrar los veranos, con mucho calor y los cielos despejados. Dalmacio disfrutaba de la época estival como un niño chico, porque se pasaba la mayoría de los días en Las Canteras, disfrutando del Sol, del mar, de la vista y de un buen libro. No podía ocultarlo, le encantaba la playa.

Las tardes de playa las solía terminar sentado en la Avenida de Las Canteras, tomando algún refresco, viendo cómo la tarde languidecía, como decía la canción, y el Sol caminaba, irremediablemente, en busca de las montañas del oeste para ocultarse y dar paso a las primeras muecas de la noche.

Sin saber muy bien por qué, dirigió su mirada hacia La Isleta, como buscando, en algún lugar de su ser, los retazos de aquellos veranos de su infancia que pasó en El Confital. Pero aquella ensoñación, a la que alimentaba la magnífica tarde veraniega, se resquebrajó sin remedio cuando vio aparecer la silueta de su primo Marcos.

Tuvo la intención de levantarse, dejar tres euros en la mesa y salir pitando, pero ya no tenía tiempo, Marcos lo había visto, lo saludaba ostensiblemente con la mano derecha y con una inmensa sonrisa dibujada en su rostro, mientras en la otra llevaba el maletín de un ordenador portátil.

Antes de que se diera cuenta, ya lo tenía sentado a su lado y llamando a la camarera para pedirle un refresco.

— ¡Preciosa!, tráeme *Clipper* de fresa, con dos piedritas de hielo, que hace un calor…

—Qué casualidad, Marcos, mira que es raro encontrarte por aquí, porque a ti la playa como que no te gusta mucho… —le dijo Dalmacio.

—Sí, es verdad. Pero me apetecía dar un paseo y además, vengo a probar el Wifi de mi nuevo portátil —le comentó mientras ponía el maletín encima de la mesa y sacaba el ordenador.

—¡Coño! El que puede, puede, y el que no, a joderse toca…

—Hace tres días que lo tengo y he venido aquí porque la red de Internet de mi casa me da que la tengo intervenida.

Dalmacio hizo una mueca de incredulidad y le dijo:

— ¿Cómo que la tienes intervenida? Pero si hace tres días que tienes el ordenador. No me creo que ya tengas algún troyano.

— ¿Un troyano? Eso suena muy raro, primo. ¿Qué es eso?

— Un virus informático que te jode un poco el ordenador.

— ¿Un virus? —preguntó Marcos con cara de asustado.

— A ver, déjame, ¿tienes antivirus? —le dijo, mientras le cogía el portátil.

— No sé, primo. Pero desde que me conecto a Internet, me sale un pequeño cuadro de diálogo y sin yo hacer nada, se me empiezan abrir páginas, se me abre el DVD, el procesador de texto y no sé qué mil cosas más.

—Espera, que ya estamos conectándonos. Ya estamos en línea. A ver qué ocurre… Un momento, ¿tú cómo te conectas?

— Pues mediante este aparatito que está aquí —le dijo señalando a una antena de conexión USB.

Antes de que terminara, apareció un pequeño cuadro de diálogo, en el que se leía:

— *Hola, capullo.*

—¡Lo ves, primo! Mi ordenador está intervenido. ¡Es la puta *Organización*!

—No, Marcos, esta no es *La Organización* de los cojones, tienes un hacker.

— *Hola, capullo, ¿no me vas a contestar? Te tengo cogido por el cogote* —volvió a repetir el del cuadro de diálogo.

— ¿Un hacker?

— Sí, un hacker es un experto en informática que se mete en los ordenadores poco protegidos de inconscientes como tú y si quieren, te pueden mandar el ordenador al carajo.

—Vamos a ver, primo, piensa un poco. Hace tres días que tengo este ordenador ¿y ya tengo un hacker de esos? No me lo creo. Yo más bien creo que es otra cosa. Ellos están en todos lados, Dalmacio. Me persiguen, esta es la prueba.

Mientras hablaban, el ordenador había abierto un sinfín de páginas de Internet, abierto y cerrado el reproductor de DVD, hasta que al final se bloqueó.

— Te voy a demostrar que no son *ellos,* sino un capullo que te quiere hacer la puñeta.

—A ver…

—Mira, es tan fácil como desconectar el dispositivo móvil de conexión a Internet y verás como ese cabroncete no te da el coñazo.

Dalmacio reinició el ordenador, después de quitar la antena USB.

—¿Lo ves? Ahora no pasa nada. Nuestro amigo, bueno, tu amigo, tiene enganchada tu IP y cada vez que te conectas, él lo sabe y da un poquito la lata. Así de sencillo.

— No me líes, primo. Yo sé lo que está pasando y lo tengo claro. Ese tío trabaja para ellos, de eso no cabe duda. Cada día intentan controlarme más, pero no se van a salir con la suya.

— Marcos, tú haz lo que quieras. Lo único que te queda es llevar el portátil a la casa para que te cierren todos los puertos porque, por ahí, se te está colando el hacker, y verás que los problemas se acaban.

—Los problemas no se acaban ahí, primo. Esa es una jugada de *La Organización,* por mucho que me quieras convencer de lo contrario —dijo con cara de enfado mientras cerraba el portátil, lo metía en la maleta y se marchaba por donde había llegado, seguido por la mirada de Dalmacio y de la camarera que le traía el *Clipper* de fresa con dos piedritas de hielo.

El muerto

Cuando Marcos se levantó, fue directamente al cuarto de baño porque se estaba reventando por las ganas de orinar que tenía. Medio dormido, no se percató del cadáver que estaba dentro de la tina[3], con las manos atadas a la espalda y con el cuello roto. Al terminar, se dirigió al espejo y como hacia todos los días, se inspeccionó la pupila abriéndose, con sus dos dedos índices, los párpados para poder ver si tenía algún código de barras. Respiró tranquilo, no había rastro de las dichosas rayas negras, numeradas y de distinto grosor. Se lavó la cara, se exploró los dientes en busca de alguna caries, se mojó un poco el pelo y se peinó. Antes de salir del baño, olió un ligero olor rancio y algo desagradable que no supo identificar. Se detuvo unos instantes, empezó a olfatear el pijama y luego la ropa como si fuera un perro. Siguió oliendo en busca del foco de procedencia de aquel olor tan particular y poco a poco, se fue aproximando a la bañera. Entornó los ojos para centrar la vista y poder ver con claridad lo que parecía ser una sombra tras la cortina de plástico que estaba rematada con adornos marineros consistentes en barcos, delfines, conchas y caracolas. El corazón le empezó a latir con mucha rapidez, al unísono, las sienes le empezaron a palpitar de forma desbocada, agarró el frasco de *Varón Dandy*, tamaño ahorro, lo levantó por encima de su cabeza y se dirigió a la ducha. De un fuerte tirón, abrió la cortina y se encontró con la imagen macabra de aquel desgraciado que yacía sin vida, con el cuello roto y con la cabeza girada hacia atrás. De la impresión, soltó un gritó que se oyó en la calle, la colonia cayó, se rompió en mil pedazos, y Marcos se quedó paralizado, oyendo como su corazón intentaba romperse, también, en mil pedazos.

Salió a trompicones del baño, cayó de rodillas delante de su cama y se dijo:

—Tranquilo, Marcos. Es solo una alucinación. Este tío no está ahí.

Se levantó despacio, y volvió a entrar en el baño, el fiambre seguía en el mismo lugar.

—¡Rediós!, ¡el tío sigue ahí!

Salió despavorido, buscó como loco el teléfono móvil para llamar inmediatamente a la policía, pensando que esto no le podía estar pasando. Cogió el teléfono que estaba debajo del libro *Amos del mundo. Una historia de las conspiraciones* y, cuando se disponía a llamar, pensó en su primo Dalmacio:

— Él sabrá qué hacer. Lo voy a llamar.

Cogió el móvil y se dio cuenta de que no tenía puesta la batería, ni la tarjeta porque había seguido al pie de la letra *la defensa activa*. Montó, en menos de un minuto, el teléfono y lo encendió.

A los noventa segundos, ya tenía el aparato activo. Abrió la agenda, buscó el teléfono de su primo Dalmacio y apretó el botón de llamada. Miró el reloj en la pantalla del móvil, eran las ocho y treinta de la mañana. Después de unos instantes, Dalmacio contestó al otro lado de la línea:

—¿Sí, quién es?

— Yo, yo, primo, yo, Marcos. Joder, tío, hay un muerto en mi bañera.

— ¿Qué…? ¿Qué hay un muerto dónde…?

— ¡Que hay un muerto en la tina!

—Marcos, estoy a punto de empezar a currar y no me gusta que me estén jodiendo a primeras horas de la mañana con locuras y tonterías. Estoy hasta los cojones de tus chorradas —le dijo con un tono poco amigable fruto de una mala noche.

—Primo, te juro que no es una locura. No sé qué hacer. Hoy me levanté y me encontré un tío muerto. Te juro que no es una broma.

—Primo, paso de tus paranoias —le contestó, cortándole el teléfono.

Marcos se quedó pensando durante unos instantes. Miró el teléfono, recordó que tenía cámara, así que se fue al baño y grabó un vídeo en el que se veía una panorámica general del baño y del muerto, y terminaba con un plano de él diciendo con voz grave:

— *¿Lo ves, que no es ninguna broma?*

Acto seguido, envió el vídeo a su primo por MMS. Dalmacio estaba a punto de entrar en su trabajo cuando oyó los tres tonos, avisándole de que había recibido un mensaje.

Desbloqueó el móvil, abrió el MMS y comprobó, con un gesto de mala gana, que era de su primo. Vio que se trataba de un mensaje multimedia, lo abrió y se quedó paralizado al ver perfectamente el cadáver que estaba en la bañera de Marcos.

Automáticamente, dijo:

—¡Me cago en la puta! ¡Es verdad que es un muerto…!

Sin pensarlo dos veces, llamó a su primo, que respondió al primer tono:

—¡Ves como no miento, joder! —dijo Marcos llorando—, hay un puto muerto en mi bañera.

—¿Y cómo ha llegado a tu casa, primo?

—Y yo qué coño sé, no tengo ni puta idea.

—Bueno, vale. Déjame pensar. No te muevas de tu casa, ni toques nada, yo estaré ahí en diez minutos.

—Estoy acojonado, primo. Esta es la acción definitiva de *La Organización*, me quieren joder vivo.

—¡Me cago en la puta, primo! Esto no es ninguna broma. Hay un cadáver en tu casa, así que déjate de historias y céntrate en explicar cómo coño ha llegado un muerto a tu bañera —le dijo cortando el teléfono y dirigiéndose hacia la calle para coger un taxi y dirigirse a casa de su primo.

El traslado

Al llegar al portal de la casa de su primo, Dalmacio se detuvo un instante y reflexionó. Su corazón latía con más frecuencia de lo normal, le sudaban las manos y el ojo derecho no le dejaba de temblar. ¿Qué iba a hacer? ¿Subir a casa de su primo, que tenía un muerto en la tina? No lo veía tan claro. Así que, sin pensarlo mucho, llamó al 112 para denunciar el caso ante la policía, quería cubrirse las espaldas, él no iba a comerse ningún marrón por la cara. Después de un momento, una voz ronca de mujer le contestó al otro lado del teléfono.

—112, ¿dígame? Le atiende Margaret.

—Quiero informar de la aparición de un cadáver.

—De acuerdo. Dígame su número de teléfono y su nombre —le contestó con toda la tranquilidad del mundo, como si se encontraran muertos en todas las esquinas de Las Palmas de Gran Canaria.

—¿Para qué quiere mi número de teléfono? ¿Usted no lo ve en la pantalla de su aparato? Y mi nombre, ¿para qué? —preguntó visiblemente nervioso, pensando sobre la marcha que quizás no había sido una buena idea contactar con la policía.

—Es el protocolo en estos casos. Una vez me dé esos datos, la policía se pondrá en contacto con usted en unos minutos. Hay muchos desaprensivos que llaman por llamar.

—Usted tiene mi teléfono, que me llamen —dijo Dalmacio cortando la comunicación.

No había transcurrido un minuto, cuando el móvil de Dalmacio comenzó a sonar, este descolgó y oyó que decían:

—Le llamo desde la Sala del 091 de la Policía. Nos han dicho que ha encontrado un cadáver. Necesito que se identifique para dar credibilidad a la denuncia.

—No le voy a decir mi nombre, es una denuncia anónima. Apunte esta dirección: El Patio de los Cangrejos, 167.

—Pero, escúcheme, necesitamos que se identifique... —dijo el policía, pero Dalmacio ya había colgado.

Después de cortar la llamada, no sabía a ciencia cierta si había hecho lo correcto, pero, fuera así o no, ya no había vuelta atrás.

Tocó en el portero automático de la casa terrera de Marcos, que abrió mecánicamente, sin contestar por el telefonillo.

Dalmacio subió la pequeña escalera a medio hacer, que conducía a la primera planta, y se lo encontró sentado con las manos en la cara, con la frente y la camiseta empapadas en sudor. Al ver a Dalmacio, se levantó como un resorte y le dijo:

—Gracias que has venido. No sé qué hacer, me va a estallar la cabeza.

—No te preocupes. He llamado a la policía, vendrán en unos instantes y se encargarán de todo. ¿Por qué me imagino que todo esto tendrá una explicación lógica?

—¿Una explicación lógica? ¡Pues no la tiene, coño, no la tiene! ¿Pero de verdad que has llamado a la policía…? ¿Tú estás loco?

—¿Y qué querías que hiciese? ¡Joder, tienes un muerto en la bañera!

—Ya no está ahí. Está en el portabultos de mi coche.

—¿Qué? ¡Me cago en todo lo que se menea! ¿Y qué coño pretendías hacer con el fiambre? ¿Enterrarlo? ¿Quemarlo? ¿Comértelo?

—Tirarlo a la Sima de Jinámar. Ahí nadie lo encontrará por mucho tiempo.

—Déjame las llaves del coche. Dentro de cinco minutos la policía va estar aquí, y si encuentran a ese desgraciado en el coche, vamos a pasar algunos meses a la sombra. ¡Joder! ¡Joder! ¡Quien me manda meterme en estos putos líos! Bueno, métete en la ducha, haz como que te estás duchando y deja todo como los chorros del oro, que no encuentren ni un pelo, porque lo van a poner todo patas arriba. Cuando te interroguen, que lo van a hacer, cuéntales alguna locura de las tuyas, háblales de *La Organización*, que fuiste tú quien los llamó y sobre todo, insísteles que hablen con el sargento Monagas, de la policía local, seguro que él les dará una descripción tuya lo suficientemente grotesca, para que no tengan en cuenta tus declaraciones. Después hablaremos del muerto…

—Vale, vale —dijo con desesperación.

—Toma la tarjeta de mi móvil —le dijo mientras desmontaba su teléfono—, pónsela al tuyo y dame la tuya. Con suerte, se darán cuenta de que estás como una puta jaira y nos dejarán tranquilos.

—¿Tú qué vas a hacer? —le preguntó Marcos, intranquilo.

—No tengo ni puñetera idea. Solo haz lo que te he dicho, ya improvisaré sobre la marcha —le dijo mientras bajaba las escaleras alocadamente en busca del coche de su primo con el cadáver en el maletero.

Accionó la apertura automática de la puerta del garaje, antes de meterse en el coche, después se introdujo en él y salió a toda pastilla. En el primer cruce, se encontró con dos coches patrulla de la Policía Nacional que iban con las sirenas puestas en dirección a la casa de su primo. Respiró hondo y siguió camino hacia ninguna parte, confiando en que este asunto no se complicara más de lo que ya se había complicado.

La policía

Marcos hizo lo que le había dicho su primo, se metió en la ducha con el estropajo, el jabón líquido de fregar, de color verde, y se dispuso a no dejar ni una sola huella del cuerpo del muerto en su bañera.

En la calle, Dalmacio estaba deambulando como un loco por Las Palmas de Gran Canaria, haciendo tiempo y dándole vueltas a su cabeza, para saber qué hacer con el dichoso muerto que tenía en el maletero. Tenía que darse mucha prisa en decidir qué hacer, porque el cuerpo no tardaría en empezar a descomponerse y eso sería un grave problema, ya que el olor a muerto no era precisamente una buena noticia.

De repente se acordó de la crónica televisiva de aquella mujer que había "guardado" el cadáver de su madre en el congelador de su garaje durante treinta años. Él tenía un congelador, un garaje y también un fiambre, así que giró en una de las rotondas de Siete Palmas y se dirigió hacia su casa. Condujo despacio, con tranquilidad, para no levantar sospechas y no ser detenido por ningún agente de la autoridad por conducción temeraria. Al llegar a su casa, miró a un lado y a otro, no había ni un vecino por los alrededores. Cogió el mando a distancia, abrió la puerta de su garaje y metió el coche.

Al otro lado de la ciudad, Marcos llevaba casi media hora en la tarea de dejar el baño limpio como una patena, y lo estaba consiguiendo. Al terminar, se vistió y fue hacia el salón. En ese momento, empezó a oír el sonido estridente del portero automático. Sintió como la boca del estómago se le encogía y el corazón le palpitaba rápidamente. Se tenía que tranquilizar.

—Sí, ¿quién es?

—La policía. Ábranos la puerta —dijo el policía con autoridad.

—Ah, sí, sí, claro. Gracias que han venido —les dijo mientras pulsaba el botón rojo para abrirles y se dirigía a la puerta de la entrada.

Se asomó para indicarles a los dos policías nacionales que subieran y que tuvieran cuidado de no caerse por la escalera que todavía estaba en obras. Subieron con parsimonia, observando minuciosamente todo lo que encontraban a su paso, hasta que se toparon con el rostro de Marcos.

—Nos han llamado denunciando que en esta dirección han encontrado un cadáver —dijo uno de los policías con el rostro serio.

—Sí, fui yo quien llamó, pero…ya no está… —dijo Marcos titubeante—, se lo llevó *La Organización*.

—Vale, vale, lo primero que necesitamos es que se identifique, entrégueme su DNI para tomar nota de su filiación y después nos explica eso de que el cadáver ya no está y lo de *La Organización*.

Después de unos minutos anotando los datos correspondientes, el agente le preguntó:

—Díganos en qué lugar estaba el cuerpo.

—Sí, por supuesto. Síganme. El muerto estaba aquí, en la bañera, pero en el momento en que bajé al garaje y volví a subir, ya no estaba. *Ellos* son imprevisibles, actúan muy sigilosamente y rápido. Se lo han llevado.

—A ver, caballero, si nos aclaramos. Usted llamó para comunicarnos que había un muerto en esta dirección, ahora nos dice que no hay ningún cadáver y que se lo han llevado.

—Cuando los llamé, sí estaba, pero ahora no. Ahí lo puso *La Organización* y ella se lo llevó. Así de sencillo.

—¿Cómo que así de sencillo? No, señor, no es así de sencillo. Un fiambre no desaparece así como así. Esto tiene que tener una explicación razonable. ¿No se habrá usted deshecho del muerto?

—No, no. Mire, tengo un amigo —mintió—, que es policía local y al que iba a llamar ahora mismo, el sargento Monagas; él conoce todo este asunto de *La Organización*, llámenlo y les aclarará algo.

—¿Y qué tiene que ver ese sargento con todo esto?

—No tiene nada que ver, pero, repito, él me conoce y conoce el caso de *La Organización*.

—Vale, vale, espere aquí mientras localizamos al sargento Monagas —dijo con gesto de impaciencia.

El policía se dirigió hacia el rellano de la escalera y llamó por la emisora a la central, para que le localizaran a Monagas, diciéndoles que, cuando lo tuvieran localizado, lo llamaran a su móvil.

Al cabo de unos minutos, el teléfono del policía nacional comenzó a sonar.

—Rodríguez, tenemos al sargento Monagas al otro lado, se lo pasamos.

—Vale, estoy a la escucha. ¿Sí? ¿Sargento Monagas? Mire, soy el agente Rodríguez, de la Policía Nacional, y estoy con un caso bastante extraño que tiene alguna relación con usted.

—Dígame, dígame.

—Nos llamaron a la central porque había aparecido un cadáver, nos hemos presentado en la dirección indicada y no había rastro del fiambre, nos hemos encontrado con un individuo que nos ha dicho que es su amigo y nos ha dado su nombre.

—¿Mi nombre…? ¿Cómo se llama?

—Marcos.

—No conozco a nadie con ese nombre.

—Bueno, nos ha dicho que usted conoce a *La Organización*

—¿A *La Organización?*

Se hizo un silencio de apenas treinta segundos hasta que el sargento Monagas cayó en la cuenta, aquella palabra le sonaba bastante.

—¡Joder, ya sé quién es ese Marcos! —gritó con su voz ronca.

—¿Lo recuerda? —le preguntó el agente.

—Claro que lo recuerdo, me dio una noche de guardia que tardaré mucho en olvidar. Ese tío está como una cabra. Le cuento, hace algunos meses lo encontramos inconsciente en la carretera que va hacia Jinámar y el tío decía que *La Organización* había controlado el coche por control remoto, como consecuencia de ello, se salió de la carretera y empotró su coche contra la montaña. Todo un personaje.

—Pues nos ha llamado diciéndonos que había un muerto en su casa y resulta que aquí no hay nada. Dice que *La Organización* se lo ha llevado.

—Escúcheme, Rodríguez, ese tío no está en sus cabales. Eso es lo único que le puedo decir.

—Gracias, sargento. Le agradezco su colaboración —le dijo cortando la comunicación mientras oía cómo se despedía el sargento al otro lado.

Volvió hacia el interior de la casa, le susurró algo al oído a su compañero y se dirigió nuevamente al primo de Dalmacio.

—Bueno, ya aclaramos el asunto con el sargento. Pero le voy a dar una recomendación, no esté jugando con cosas como estas, ¿lo entiende?, algún día se podría encontrar con un problema grave. La policía no está para tonterías.

—¿Y ya está? ¿Se van a ir sin más? ¿Qué me dicen del muerto y de *La Organización*? —preguntó sobreactuando.

—Ya hemos tomado nota, no hay cadáver, no hay caso. Nos vamos por donde hemos venido.

—Bueno, bueno, les acompaño hasta la salida.

—No hace falta, conocemos el camino.

Cuando Marcos los vio salir por la puerta, se sentó en el sillón negro del salón, respiró hondo y se dijo: *Por los pelos*.

En ese momento, Dalmacio ya estaba dentro de su garaje, salió del coche y fue directamente hacia el arcón donde guardaba algo de pescado congelado, carne, menestra de verduras y algunos helados. Sacó todo lo que había dentro, midió a ojo su amplitud y pensó que el cuerpo podría caber perfectamente en el interior. Abrió el maletero, allí estaba el fiambre, con los ojos abiertos como platos, la boca abierta y ya estaba empezando a oler de una forma muy peculiar. Miró hacia el congelador, estaba a escasos cinco metros, se volvió a meter dentro del coche y le dio marcha atrás hasta que lo acercó lo suficiente para poder descargarlo sin muchos esfuerzos. Pero nada más lejos de la realidad, porque el cabrón pesaba una tonelada y además estaba más tieso que una mojama como consecuencia del *rigor mortis*. Primero metió los pies, luego el culo y por último, el tronco, hasta que al final logró introducirlo dentro del arcón. Se sentó en el suelo, apoyando la espalda en el frío congelador y pensó que las cosas se estaban complicando mucho, pero mucho, mucho.

¿Qué hacemos con el muerto

Dalmacio se levantó, abrió el congelador, comprobó que el fiambre seguía mirándolo de aquella manera y que el potente motor de frío estaba haciendo muy bien su trabajo, porque ya se estaban viendo las primeras escarchas de hielo en las pestañas.

Ahora la pregunta era: ¿qué coño hacemos con el muerto? Esa era una pregunta de muy difícil respuesta, porque deshacerse de un cadáver no era tarea fácil.

Subió las estrechas escaleras que conducían al primer piso de su dúplex, se sentó en uno de los cinco *puff* que había traído de su último viaje a Turquía, estratégicamente colocado junto a una narguila que, de vez en cuando, para relajarse, llenaba con un poco de menta y *maría*. Cogió su teléfono móvil y llamó a su primo. Al tercer tono, Marcos contestó:

—¿Quién es? —preguntó con desánimo.

—¿Quién va a ser? Dalmacio. Voy a ser breve. Aplica la seguridad activa. Esta noche vente a mi casa para tomarnos unas cervezas y hablar del nuevo pez que tengo en la pecera.

—¿Qué pez? ¿Te has comprado un pez?

—Tú vente esta noche. Te espero sobre las diez. No faltes —le dijo cortando la comunicación.

Después de colgar, pensó que tenía que relajarse. El día había sido muy intenso, la adrenalina había campado a sus anchas por todo su cuerpo y la cabeza le bullía como una olla a presión. Lo mejor en estos casos era tirarse en los brazos de María, que siempre estaba dispuesta a embarcarlo en un viaje relajante hacia mundos desconocidos. Entonces, cogió la pequeña caja de madera en la que guardaba la hierba, pilló medio cogollo, lo trituró en aquel cacharro de púas de acero, mezcló el agua con la menta, cargó la narguila y le dio candela a la mezcla. Le pegó una calada fuerte, a los pocos instantes comenzó a sentir el primer beso, fuerte, intenso: a la segunda calada, la droga, se le metió por la sangre, recorría cada palmo de su cuerpo e invadía todas sus células. A la tercera, se meció en la cuna del éxtasis, se perdió en un bosque de ninfas que le sonreían y jugaban a esconderse detrás de los árboles recubiertos de musgo verde.

La noche ya había caído y Marcos se encontraba delante de la cancela blanca del dúplex de su primo. Tocó el timbre, una, dos, tres, cuatro, cinco veces. Pero Dalmacio no respondía. Se encontraba persiguiendo a una sirena de melena rubia y de voluptuosos pechos que se enredaba en los corales multicolores.

Volvió a insistir con el timbre, pero Dalmacio seguía persiguiendo a su sirena rubia hasta que oyó el silbato de un barco que sonaba insistentemente: ¡puuu, puuu, puuu, puuu!, y venía con su proa gigante hacia él; en ese momento se despertó y se percató de que estaban tocando a su puerta. Se levantó de un salto y se dirigió hacia la ventana que daba a la calle, la abrió, se encontró a su primo en la puerta y desde allí le dijo:

—Ya voy, bajo a abrirte.

Bajó las escaleras, todavía con los efluvios y los recuerdos que le había dejado su fiel amante María. Habían pasado cinco horas.

Se sentaron en los *puff,* junto a la narguila. Dalmacio le preguntó:

—¿Qué tal te fue con la poli?

—Bien, tu plan funcionó a la perfección. Les hablé de mi encuentro con el sargento Monagas y él se encargó del resto. ¿Qué has hecho con el muerto?

—Está en el congelador que tengo en el garaje, de ahí no se moverá. ¿Me imagino que te habrás deshecho de la tarjeta del móvil? Porque no hay que dejar ningún tipo de rastro.

—Sí, ya tengo una nueva, pero los cabrones me han obligado a identificarme, a pesar de ser una tarjeta de prepago.

—Claro, la política de identificación de los usuarios de telefonía móvil ha cambiado para combatir el crimen organizado, a tipos como nosotros, más o menos. Vale, ahora aclárame cómo llegó el muerto a tu bañera, ahora que nadie nos oye —dijo con sorna.

—Ya te dije que no tengo ni puta idea. Me levanté por la mañana y estaba ahí, más tieso que un tasajo.

—Vamos a tranquilizarnos. Te voy a hacer unas preguntas y vete contestándome, ¿vale?

—Vale.

—¿Qué hiciste el día anterior, fuera de lo normal?

—¿Fuera de lo normal? Nada de nada. Fue un jueves como todos los jueves.

—Bueno, pues cuéntame lo que hiciste.

—A ver, me levanté, fui a trabajar, almorcé en casa de mi madre, volví al trabajo, salí a las siete y media y desde casa llamé a Palmira, para que viniera a mi casa a echar un polvo.

—¿Palmira? ¿Quién coño es Palmira? —preguntó Dalmacio con interés.

—Es una caleña adorable, morenita, de ojos color miel, que está como un tren, que todos los jueves viene por mi casa para echarnos unos rones, una cena y luego echar un polvito.

—¿Una puta? ¿Y eso no se sale fuera de lo común, joder?

—Sí, una puta, pero yo no la veo como una puta y ¡coño!, llevo más de seis meses tirándomela todos los jueves y eso ya es común, ¿no crees?

—Visto de esa manera…, sí, sí es común. Vale, vale, ya nos ocuparemos de tu amiguita, a ver si tiene algo que ver con el fiambre, pero ahora vamos a centrarnos en qué hacer con Pancho.

—¿Pancho? ¿Se llama Pancho?

—Coño, estoy hasta los huevos de llamarlo muerto, fiambre, cadáver, y Pancho, no sé, es más familiar. Entonces ¿qué hacemos con Pancho?

—Pues lo que yo te dije, tirarlo a la Sima de Jinámar, ahí no lo encontrarán nunca, ni la policía ni *La Organización*.

—No lo veo tan claro. Muy complicado…, coger el coche, llegar hasta Jinámar, y cargar a Pancho hasta la Sima. Tiene que ser algo más sencillo. Mira, lo cogemos, lo metemos en un saco de plástico, de esos talla XXXL, lo trasladamos hacia un barrio del cono Sur y, como el que no quiere la cosa, lo dejamos sentadito al lado de un contenedor de basura y Santas-Pascuas-Aleluya. Cuando lo encuentren, estará más limpio que una patena y jamás podrán relacionarnos con él.

—Bueno, bueno, tu sabrás; yo es que estoy como un flan, no sé qué otra cosa harán esos hijoputas para joderme la vida.

—Y dale, tú, a piñón fijo con el mismo tema. Resumiendo, mañana, después de salir de tu trabajo, te vienes por aquí, le damos el baño de su vida a Pancho, para dejarlo limpio y reluciente como un cáliz y que no quede ni rastro de nosotros, lo metemos en la bolsa y al contenedor. ¿De acuerdo?

—De acuerdo.

—Pues, hasta luego, Lucas. Mañana nos vemos.

Dalmacio lo acompañó hasta la puerta de la calle, donde estaba su coche, esperó a que se metiera en él, vio cómo se alejaba y se perdía por las calles iluminadas de su barrio.

Se quedó mirando hacia la Luna, a las pocas estrellas que se dejaban ver en el cielo, se preguntó por qué estaba tan tranquilo y por qué estaba actuando con tanta sangre fría cuando tenía a Pancho congelándose hasta los tuétanos en su congelador de cinco estrellas. Finalmente, lo atribuyó a los besos y caricias de María.

La limpieza

A la mañana siguiente, Dalmacio se quedó unos instantes en la cama, mirando para el techo, preguntándose por qué coño tenía que currar los putos sábados, por unos momentos quiso creer que todo era un sueño, que todo lo que había vivido hasta el momento, era el resultado de una jodida pesadilla. Que no había ningún muerto en el congelador, sino, en su lugar, estaban las carnes, los pescados, los helados, las menestras ultracongeladas, que se levantaría y seguiría con su vida normal y rutinaria. Pero la imagen de Pancho era tan clara como un día de verano. El muerto seguía en su congelador y ahora había que deshacerse de él.

Se levantó, desayunó y, mientras hacía tiempo para ir al trabajo, redactó una lista con las cosas que necesitaba para su plan, escribiendo en el primer trozo de papel que encontró lo siguiente:

1. Cuatro pares de guantes quirúrgicos.
2. Cuatro mascarillas.
3. Dos monos blancos desechables.
4. Seis metros cuadrados de lona plástica.
5. Tres botellas de lejía.
6. Un cepillo de fregar.
7. Un paquete de sacos de basura de 240 litros.
8. Dos litros de alcohol casero.
9. Dos pares de botas de trabajo.
10. Cinta de embalar

Repasó con detenimiento todo lo que tenía escrito, dobló la nota con cuidado y se la metió en el bolsillo. Cuando saliera del trabajo, a eso de las tres, iría a varios centros comerciales para comprar todos los productos por separado.

Al salir, almorzó una tapa de ropa vieja y una tropical en un bar de la calle La Naval. Con el estómago lleno, salió en busca de los elementos que le hacían falta para quitarse el muerto de encima.

Compró los guantes, la lejía y el alcohol en Mercadona; las mascarillas, la cinta adhesiva de embalar y el cepillo, en Carrefour, y las botas de trabajo, los monos blancos, los sacos de basura y la lona plástica, en Leroy Merlin.

Al llegar a su casa, colocó todos los productos que había comprado en el suelo de su garaje. Limpió a conciencia la superficie a base de jabón líquido y lejía. Una vez que se hubo secado, cogió los seis metros cuadrados de plástico, los desplegó en el suelo y con la cinta de embalar, los pegó a conciencia, dejando una superficie lo suficientemente amplia para trabajar con cuidado.

Después de pegar el último tramo del plástico, se levantó y se quedó un rato observando la escena que había compuesto. Pensó que todo lo que estaba haciendo podría formar parte, perfectamente, de un guion cinematográfico, de esos que no tienen ni pies ni cabeza. Se había metido en este lío sin comérselo ni bebérselo y, además, sin tener ni puta idea de quién era el individuo que se encontraba durmiendo el sueño de los justos en su magnífico congelador. Por un momento, tuvo la intención de coger el teléfono y llamar a la policía, para que su primo intentara explicar todo lo que había sucedido, si es que podía. Pero ya era demasiado tarde, estaba metido hasta el cuello y ahora había que tirar para adelante.

Se dirigió hacia el congelador y cuando se disponía a abrir la tapa, el sonido metálico del portero automático retumbó en todo el garaje. Mecánicamente miró su reloj, y pensó que no podía ser otra persona que Marcos.

Salió por la puerta que accedía directamente desde el garaje al salón, donde estaba uno de los tres telefonillos que abrían la cancela y la puerta.

Levantó el teléfono y vio, en la pequeña pantalla, la silueta del que parecía ser su primo, que venía con una gorra metida hasta las cejas, unas gafas negras y un pasamontañas que le cubría media cara. Accionó el botón para que las puertas se abrieran y esperó a su primo en la entrada de su casa. Cuando estuvo lo suficientemente cerca, le preguntó con ironía:

—Supongo que eres Marcos, ¿no?

—Pues claro que soy Marcos. ¿Quién iba a ser, si no?

—¿Pero cómo se te ocurre venir con esa pinta, dando el cante?

—Es que no quiero que me reconozcan.

—¡Joder! ¡Qué vienes a casa de tu primo, no a un piso franco de la mafia calabresa.

—Vale, vale, que no es para tanto, tío.

—¿Que no es para tanto? —le espetó mientras cerraba la puerta—, tenemos un puto muerto en mi congelador y tú me dices que no es para tanto.

—Bueno, bueno, es que tengo la sensación de que los de *La Organización* están por todas partes y que me están siguiendo. Llevo casi hora y media dando vueltas por Las Palmas para despistarlos.

—Ya te digo que tú no estás bien de la cabeza. ¿Quién me manda meterme a mí en estos líos contigo? Así, me pasa lo que me pasa. Ahora, métete en el baño, quítate toda la ropa, ponte el mono blanco, la mascarilla, los guantes y las botas que están ahí.

—¡Ños, como el CSI!

—Sí, pero ahora nosotros somos los malos, más o menos.

Dalmacio se cambió en el mismo garaje, se quitó la ropa y se puso todo el material que había adquirido. Cuando estuvieron preparados, se encontraron delante del congelador, se miraron por unos instantes hasta que Marcos dijo:

—¿Y ahora qué?

—Ahora hay que sacar a Pancho del congelador, ponerlo sobre el plástico, quitarle toda la ropa, meterla en una bolsa de plástico, coger un cubo, llenarlo de agua, jabón y lejía, y empezar a lavarlo para que no quede ni un rastro de nosotros en su cuerpo, porque cuando lo encuentren, lo van a mirar con lupa, ¿entendido?

—Ok.

—Pues manos a la obra…

Lo sacaron del congelador, lo depositaron encima del plástico, le quitaron toda la ropa y con los cubos llenos de agua jabonosa y lejía, comenzaron a restregar el cuerpo, que estaba totalmente congelado. Al principio, sintieron un poco de repulsión por lo que estaban haciendo, pero se fueron acostumbrando y con los cepillos fueron barriendo todo rastro del cuerpo del interfecto.

Cuando terminaron de lavarlo, Dalmacio cogió los dos litros de alcohol, roció el cuerpo y le dieron una nueva refriega, para dejarlo inmaculado. Al concluir con esta acción, Dalmacio pilló dos bolsas de basura supergrandes y, con la ayuda de su primo, metió el cuerpo dentro de una de ellas; después volvieron a realizar la misma operación. Con mucho esfuerzo, introdujeron a Pancho nuevamente en el congelador hasta que se hiciera noche cerrada y pudiesen dejarlo en un contenedor de basura.

—¿Y ahora qué?

—A esperar a eso de las doce la noche, para ponerlo en el maletero y llevarlo hacia algún lugar en el que haya poca luz y exista un contenedor.

El contenedor

Dalmacio miró su reloj. Pasaban diez minutos de las doce de la noche. Miró a su primo y no pudo evitar que su corazón comenzara a palpitar con cierta rapidez y que se le pusiera un nudo en la boca del estómago.

—Ya es la hora. No tenemos tiempo que perder — le dijo en tono serio a Marcos.

Se acercaron al arcón. Dalmacio observó que su primo no llevaba puestos los guantes profilácticos y le comentó con tranquilidad:

—Marcos, ponte los guantes, no quiero que vayas dejando tus huellas por todos lados, que los sabuesos de la policía lo miran todo con lupa.

Abrieron el congelador. Con mucho esfuerzo, sacaron la gran bolsa negra que contenía el cadáver de Pancho y lo introdujeron en el maletero. Una vez dentro del coche, Dalmacio le comentó:

—No te quites los guantes en ningún momento, ponte la gorra que traías puesta y si hay cualquier problema, déjame que yo hable.

—De acuerdo, no diré ni una palabra.

Dalmacio cogió el mando a distancia y abrió la puerta del garaje. Mientras la puerta se abría, caviló en qué lugar podría dejar al fiambre. Pensó que los lugares menos transitados eran los extrarradios de la ciudad, sobre todo los del Cono Sur. Recordó que, cuando trabajó como mensajero, una zona donde no iba ni Dios era la subida al barrio del Salto del Negro. Así que decidió probar suerte en ese barrio.

Salió del garaje y se dirigió sin demora hacia el Salto del Negro. Mientras conducía, le dijo a Marcos:

—Es importante que actuemos con mucha naturalidad. Seleccionamos el contenedor, nos bajamos, miramos si hay moros en la costa, abrimos algunos contenedores, hacemos como que estamos rebuscando entre la basura y, cuando tengamos oportunidad, lo metemos en uno.

—¿Así de fácil? —preguntó Marcos.

—¡Coño, Marcos! Esto no es fácil. Nos estamos jugando el pellejo. Si nos trincan con este tío en el maletero, nos cae un marrón de mil pares de cojones. Tendríamos que explicar muchísimas cosas que por ahora son inexplicables y no nos libraríamos de algunos años en el trullo.

Atravesaron la ciudad, despacio, bajo las luces amarillas de las altas farolas que les iluminaban el camino hacia el incierto destino y con la compañía del ronroneo redondo del motor japonés de Dalmacio.

Al llegar al Salto del Negro, no había ni un alma en la calle, solo dos o tres gatos en celo que maullaban en busca de la mordida lujuriosa que les hiciera calmar el ansia del instinto.

Dieron un primer garbeo hasta divisar, desde cierta distancia, la prisión provincial. Después de unos minutos de inspeccionar los alrededores, Dalmacio le dijo a su primo:

—Este es el lugar perfecto, solitario, con poca luz y casi sin tráfico.

Dalmacio aparcó el coche en una esquina, cerca de un contenedor que estaba en un lugar semioscuro, ya que la farola estaba completamente rota por alguna pedrada certera. Abrió el maletero desde el interior y se bajaron rápidamente. Dalmacio abrió el contenedor de basura que estaba medio lleno, se alongó y sacó todas las bolsas que pudo. Con una señal le indicó a su primo que lo ayudara a coger al fiambre, agarrándolo cada uno por un extremo, sacándolo del maletero y, con un rápido movimiento, lo pudieron meter dentro. El sonido del peso del cuerpo fue amortiguado por la basura que había debajo. Dalmacio empezó a coger las bolsas y a introducirlas de nuevo, ayudado por su primo, hasta que no quedó rastro de la bolsa que contenía el cadáver. No habían tardado ni cinco minutos en completar lo que habían venido a hacer, se metieron en el coche y salieron con tranquilidad del barrio.

Durante el camino no se dijeron nada, solo les acompañaba el silencio de la noche y los sonidos espaciados de los automóviles.

Cuando estuvieron dentro del garaje, Dalmacio le dijo:

—Quítate esa ropa, dámela y ponte este chandal. No me llames para nada, yo me pondré en contacto contigo. Para nosotros este capítulo se ha terminado, por ahora.

Después de que su primo se marchara, cogió toda la ropa que habían utilizado, los guantes, las botas, los monos blancos, el plástico, las mascarillas…, y lo metió todo dentro de una mochila.

A la mañana siguiente iría a un barranco cercano y, con medio litro de gasolina, lo quemaría todo. Se había acabado una parte de esta historia.

El subinspector Fabelo

El subinspector Fabelo, que llevaba más de veinte años en el cuerpo, llegó a la oficina a mediados de septiembre, después de unas merecidas vacaciones, en una perdida casa rural que había comprado, hacía más de veinte años en el municipio de Frontera, en la isla canaria de El Hierro. Un lugar en el que se desconectaba absolutamente de todo, leyendo, pescando y oyendo música. Su vida se había roto en mil pedazos cuando su mujer le pidió el divorcio, una mujer a la que había amado y seguía amando.

La casa del Hierro era el único lugar en el que encontraba paz y tranquilidad.

Había entrado en el Cuerpo Nacional de Policía con apenas veinte años y su propósito fue, desde que vio lo que había, que no se iba a quedar de policía raso, así que estudió Derecho y algunos años después, Criminología.

Fue saludando a todos sus compañeros con movimientos leves de cabeza. Conocían su carácter distante, que se le iba avinagrando como consecuencia del desagradable divorcio. Su despacho estaba tal y como lo había dejado, sin un papel sobre la mesa, a excepción de una carpeta azul, que estaba en un rincón del escritorio con el busto de bronce de Verdi a modo de pisapapeles. Se sentó, puso sobre la mesa el café que llevaba en la mano, y abrió la carpeta. En una primera lectura supo que se trataba de un cuerpo que habían encontrado en el vertedero del Salto del Negro, totalmente descompuesto, con el cuello roto a la altura de la vértebra cervical C4, y al que habían identificado después del correspondiente análisis de ADN en una serie cabellos.

El informe del forense Méndez, de apenas siete folios, como siempre, era exhaustivo, dictaminaba que la víctima había muerto porque le habían roto el cuello, aunque no podía precisar si había sido por un golpe o por una caída y especulaba —nunca le gustó especular— que tuvo las manos atadas durante mucho tiempo, aunque éste último aspecto no lo podría especificar con absoluta precisión científica. Destinaba dos párrafos a comentar que no había encontrado ni rastro orgánico ni inorgánico que no fuera del interfecto, porque el cuerpo había sido sometido a una limpieza profunda. Para finalizar apuntaba que, en los ajustes de cuentas, los matones no solían ser demasiado escrupulosos a la hora de quitarse un muerto de encima.

La víctima era un colombiano de treinta y siete años llamado Edelmiro Calderón Cabezas, de profesión desconocida, pero las investigaciones preliminares apuntaban a que era un proxeneta declarado, o sea, un chulo-putas, en la calle Molino de Viento, que desapareció sin dejar rastro y que nadie había puesto una denuncia por su desaparición, como solía ocurrir en estos casos. Las primeras hipótesis indicaban que su muerte se había debido a un ajuste de cuentas, de esas que siempre tienen pendientes los que se mueven en los mundos de la criminalidad.

Después de leerse el informe, entre sorbo y sorbo de café, el subinspector Fabelo, llamó al agente Gutiérrez.

— Buenos días, Gutiérrez, he pasado unas excelentes vacaciones, y tal y tal. Sácale una fotocopia a esta carpeta, léela con detenimiento. Pásate por Molino de Viento y averigua todo lo que sepas del tal Edelmiro.

—Pero, ¿no está claro el caso?

—¿Quién lo ha resuelto? —le preguntó con ironía.

—No, no, es que Garcés me ha comentado que ese caso lo vamos a resolver en un pis-pas, porque dice que está claro que es un ajuste de cuentas y que en una semana estará en los archivos mordiendo el polvo.

— A ver, Gutiérrez, tranquilidad y buenos alimentos. Acabo de llegar de vacaciones y quiero que te pases por la calle de las niñas y me cuentes. Y un consejo, solo fíate de tu olfato, el de los otros suele ser bueno, pero no tan bueno como el tuyo, y más, cuando tu nariz está a dos centímetros del caso. Así que sin más dilaciones, coge el $K^{[4]}$ y haz lo que te he dicho.

El agente salió sin replicar en busca de su compañero, un joven muchacho que llevaba medio mes de prácticas.

Fabelo levantó el teléfono, despachó durante un rato con el inspector Ramírez, que le habló, largo y tendido, de sus cortas pero intensas vacaciones en Orlando y terminó indicándole que no había mucho trabajo, solo dos o tres casos importantes, sobresaliendo el del "sudaca" que había aparecido en el vertedero.

Al terminar la conversación, pensó que nunca le había gustado la terminología que algunos de sus compañeros utilizaban para referirse a los inmigrantes, sin recordar que muchos de sus antepasados habían emigrado en busca de un futuro mejor. Pero eso siempre lo olvidaban.

Al otro lado de la ciudad, Dalmacio leía en la página de sucesos de *La Provincia*, que los trabajadores del vertedero municipal habían encontrado un cadáver en avanzado estado de descomposición, que se trataba de un ciudadano identificado como Edelmiro C.C, y que, según fuentes policiales consultadas, era un conocido proxeneta cuya zona de influencia se establecía en la conocida calle Molino de Viento, de la capital grancanaria.

Las cosas, pensó Dalmacio, comenzaban a complicarse.

El miedo

Marcos no podía creer lo que estaba leyendo, habían encontrado un cadáver en el vertedero del Salto del Negro y seguro que era Pancho, aunque ya le habían puesto nombre, Edelmiro.

Su primer impulso fue llamar a su primo Dalmacio, pero éste le había dejado claro que, en caso de problemas, él se pondría en contacto, pero hasta ahora no lo había hecho. Pensó que, una de dos, o que no había leído la prensa o que quería dejar correr el tema un poquito, a ver por dónde iban los tiros.

No se podía quedar con los brazos cruzados. Tenía que ponerse en contacto con su primo. No lo quería llamar, porque no podrían hablar del muerto por teléfono. Toda precaución era poca.

Pero sabía que el que hace la ley hace la trampa. Él necesitaba una tarjeta pirata, porque los de *"La Organización"* seguro que ya tenían controlado su número de teléfono.

Así que, sin pensarlo mucho, se lanzó a la zona del puerto, por las inmediaciones de las calles Ripoche y Luis Morote, donde había suficientes tiendas de hindúes, para intentar comprar una tarjeta que no llevara sus datos.

Había visto en Televisión Española una noticia al respecto. Hacía referencia a que algunos comercios vendían, a un precio sustancialmente superior, tarjetas prepago con datos de inmigrantes e indigentes. Perfecto para sus planes.

Preguntó en la mayoría de las tiendas de electrónica y en todas se negaron a venderle tarjeta alguna sin identificar, hasta que encontró una que estaba en una entrecalle de las muchas que existen cerca del parque Santa Catalina.

Cuando entró, no había ni un alma en el establecimiento, sólo un enjuto hindú que aparentaba tener cien años, con la piel morena, cetrina, cuarteada por los años y unos ojos negros como el azabache. Eran las diez y diez de la mañana. De fondo se oían unos cánticos irreconocibles, que salían de un trasnochado radiocasete que estaba rodeado de unas innumerables pilas de casetes que esperaban su turno para ser oídas. El establecimiento estaba repleto de fotografías de gurús, con un olor indescriptible que lo impregnaba todo y que provenía de diversos palitos de incienso que ardían estratégicamente repartidos, bajo las fotografías de los guías espirituales.

El viejo lo miró fijamente a la cara y en un perfecto castellano le preguntó:

—¿Qué desea?

—Quería comprar unas tarjetas para móviles de prepago.

—¿De qué operadora?

—En principio, me da igual.

El viejo se agachó, sacó dos tarjetas y las puso sobre la mesa. Estaban perfectamente embaladas en su funda de plástico.

Marcos se percató de que eso no era lo que él quería y le dijo al viejo:

—Yo no las quería nuevas, sino usadas. Usted me entiende, ¿no?

—Perfectamente. Pero usted sabe que el estado español obliga a identificar a todos los que tienen tarjetas de teléfonos móviles.

—Sí, lo sé. Pero yo necesito una o dos tarjetas que ya estén registradas para que *La Organización* no me localice.

—¿*La Organización*? Perdone, pero no lo entiendo.

—Es una larga historia y no puedo perder tiempo contándosela.

—Si las necesita, estará dispuesto a pagar un buen precio por ellas.

—Por un precio justo, sí —le contestó Marcos con interés.

—Bueno amigo, tengo cinco tarjetas de ese tipo, de unos primos que se han ido definitivamente para la India y no volverán jamás. Yo me las quiero quitar de encima cuanto antes, ahora es un buen momento para negociar con ellas, están perfectamente operativas e identificadas correctamente en el operador correspondiente. ¿Le interesa?

—Claro, claro, pero ¿cuánto pide por el paquete?

—150 €.

—Uff, un poco caro ¿no?

—Yo le estoy vendiendo un producto que usted necesita y a un precio justo.

—Si me las deja en 100, me las llevo.

—130 €.

—120 € —dijo Marcos.

—125 €. Ese es el precio final. De ahí no puedo bajar.

—Uhmm, vale, vale. Me imagino que estarán sin saldo.

El viejo hindú lo miró y, sonriendo, le dijo:

—Usted sería un buen comerciante.

Marcos, sacó la cartera, le pagó el precio acordado y cuando iba a salir, el viejo le dijo:

—No le dé más vueltas a la cabeza, ha hecho un buen negocio, y yo también. Y recuerde, jamás lo he visto por aquí. Ahh, se me olvidaba, todos tienen el mismo código pin, es el 2246.

Marcos se giró, volvió sobre sus pasos y le dijo:

—Pues, ya que estamos, ¿me las puede recargar con cinco euros cada una?

—Por supuesto que se las recargaría, también nos dedicamos a eso, pero si lo hago, tarde o temprano las autoridades vendrán por aquí, y yo soy un perro viejo para tener problemas a estas alturas de la vida — le manifestó con una amplia sonrisa.

—Entonces, ¿no me las recarga?

—No, y le voy a dar un consejo: no las recargue todas juntas.

—¿Por?

—Porque, por lo que veo, se preocupa mucho de que no lo localicen.

—Ya le hablé antes de *La Organización*. Es la única manera de que me dejen en paz. Ahora, con estas tarjetas, podré hablar sin que sepan dónde estoy en cada momento y podré vivir tranquilo un par de meses, porque andan continuamente enviándome sms controladores y llamadas amenazadoras. Ahora les será muy complicado.

—Al final lo encontrarán. Porque ellos están dentro de usted. El enemigo no está fuera amigo, está aquí — le dijo el viejo, señalándose la cabeza.

—¿Qué me está diciendo?, ¿que han podido colocarme un implante, un microchip con GPS? — Preguntó asustado.

—No, amigo, no me refiero a eso precisamente. Pero yo no me dedico a resolver los problemas de las personas, sino a vender artículos de electrónica —le dijo mirándole fijamente a los ojos.

—No sé a qué se refiere.

—Si usted no lo sabe…

—Bueno, bueno —dijo Marcos, cortando de lleno la conversación—, tengo que irme porque aún me quedan algunas cosas por resolver.

Mientras salía, colocó una de las tarjetas en su teléfono móvil, puso la batería, activó el teléfono y buscó otra tienda para realizar la primera recarga.

Por la tarde, cogió el coche y se dirigió a casa de Dalmacio. Insistió varias veces, hasta que su primo abrió la puerta con cara de pocos amigos, ya que lo había despertado de la siesta. Eran las 16.50 horas.

—¿Tendrás un buen motivo para haberme levantado de mi siesta? —le quiso saber, irritado.

—¿Un motivo? ¿No lees la prensa? —le preguntó, desesperado, al tiempo que entraba en la casa de su primo.

—Ya sé que ha aparecido, supuestamente, nuestro amigo en el vertedero. No hemos tenido suerte, pero hemos hecho un buen trabajo. Nadie nos podrá relacionar con él, porque tú todavía no recuerdas cómo coño llegó Pancho a la tina de tu casa, ¿no?

—No se llama Pancho, se llama Edelmiro, y no, ya te he dicho que no sé cómo llegó el tío ese a mi casa.

—Te lo voy a decir solo una vez, para que te quede claro para siempre, cuando nos refiramos a él, será Pancho, siempre Pancho. No pronuncies jamás el nombre de Edelmiro.

—De acuerdo. Me imagino que ya estarán los maderos investigando…

—Claro que ya están investigando y más pronto que tarde irán a tu casa.

—¿A mi casa…?

—Claro, ¿recuerdas que denunciamos que había un cadáver en tu tina? La medicina forense ha avanzado mucho, averiguarán el momento aproximado de su muerte, atarán cabos de aquí y de allá. ¡Coño! ¿No ves CSI?

—¡Joder, no fui yo! Fuiste tú quien llamó. Y además los de CSI tendrán que currárselo porque lo dejamos limpio como una patena.

—Eso es agua pasada —dijo Dalmacio con tranquilidad—, ahora lo que interesa es que estés tranquilo y si, por un casual, viene la policía a tu casa, no te salgas de la versión que le diste en su momento, ¿queda claro?

—Tengo miedo, primo —dijo con el semblante serio.

—Es para tenerlo. Hemos cometido un delito, primo, pero les va a ser complicado relacionarnos con él, a no ser que aparezca alguna sorpresa de última hora que no controlemos. Y si tenemos suerte, el Edelmiro ese no es Pancho.

—¿Tú crees?

—Una cosa, Palmira es colombiana, ¿verdad?

—¿Por qué lo preguntas? ¿Qué tiene que ver ella con Pancho?

—No sé, ella colombiana y puta, él colombiano y proxeneta. Blanco y en botella.

—Me estás asustando, primo. Pero yo no conozco de nada a Pancho, ni sé cómo llegó a mi bañera.

—Eso ya lo sabemos. Tenemos que estar preparados. Pronto tendremos noticias de la policía, muy pronto.

Las pesquisas

El subinspector Fabelo estaba sentado en su despacho, repasando las notas del caso del fiambre del Salto del Negro y, hasta el momento, no había nada claro, excepto que había un muerto.

Levantó los ojos del expediente para ver cómo entraba el oficial Gutiérrez e instintivamente le echó un vistazo al reloj que estaba encima de la puerta de su despacho. Eran las doce y diez de la mañana.

El oficial fue atravesando el pasillo que conducía a la oficina de su jefe, saludando al resto de sus compañeros. Al llegar, se detuvo en el quicio de la puerta y dio dos pequeños toques con el nudillo del dedo corazón de su mano derecha.

—Pase, pase, Gutiérrez, y dígame qué tiene —le dijo levantando la mirada.

—Bueno, tampoco se crea que tengo mucho, en Molino de Viento es ver a la policía y a todos les ha comido la lengua el gato. El tal Edelmiro parece que, efectivamente, era el chulo de algunas de las putas que trabajan allí.

—Cómo tengo que decirle que modere su lenguaje. En esta comisaría no hay manera de que la gente hable con propiedad —le dijo con un mohín de enfado.

—Bueno, pues el mencionado proxeneta tenía bajo su tutela a tres prostitutas, aunque no descarto que, después de las pesquisas pertinentes, aparezcan algunas más. Por otra parte, nadie me supo o me quiso decir si alguien se la tenía jurada a la víctima.

—¿Tiene el nombre de alguna de esas mujeres?

—Sí, pero no he logrado dar con ninguna de ellas, aunque me dijeron que esta tarde-noche comienzan su turno a eso de las siete de la tarde.

—Pues esta tarde tenemos que hacer algunas horas extras. Iremos al Lugo y las interrogaremos para ver si sacamos algo en claro de este asunto.

—No hay problema —contestó Gutiérrez.

—He estado analizando los partes de incidencias de los últimos seis meses y no he encontrado nada que nos lleve claramente a este caso, pero sí he hallado un detalle que es extraño, que se sale fuera de lo normal, aunque, según el oficial que redactó el informe, el denunciante no estaba muy bien de la cabeza. Resumiendo, que un individuo nos llamó para denunciar que había un cadáver en su bañera, después se presentó una unidad y este personaje les comentó que ya no estaba el muerto, que se lo habían llevado.

—¿Y los compañeros no iniciaron una investigación?

—No, porque constataron que no había indicios suficientes de que allí se hubiera cometido un delito y, además, contaron con el testimonio de un sargento de la Policía Local que aseguraba que el susodicho estaba como una cabra. Aspecto que, según parece, pudieron confirmar los agentes.

—Esto huele a chamusquina.

—Yo no sé a lo que huele, pero está claro que este tipo denunció que había un fiambre en su bañera, que luego desapareció, y nosotros tenemos uno, que está durmiendo en *el barrio de los acostaos,* en el Instituto Anatómico Forense de Las Palmas.

—No estaría de más que fuéramos a hablar con esta persona y que nos explique algo más de lo que sucedió aquella mañana.

—Me está leyendo el pensamiento. Hago una llamada de teléfono y en cinco minutos estoy en el garaje. Tome el expediente del cadáver desaparecido.

Fabelo estuvo mirando, casi un minuto, el aparato de teléfono, cogió el papel arrugado que tenía en el bolsillo de su camisa, lo abrió y contempló en silencio los trazos firmes y rojos del número del teléfono de la que había sido su mujer. Levantó el auricular, marcó el número precedido del prefijo para ocultar las llamadas y lo dejó sonar hasta que, al otro lado, una voz de mujer rompió el silencio. Al instante colgó. Pensó que tenía que cerrar el círculo, enterrar para siempre aquel amor que lo atormentaba y que le estaba devorando el alma como una hiena hambrienta. Arrugó con rabia el pedazo de papel y se lo metió en el bolsillo derecho del pantalón vaquero. Dejó transcurrir unos minutos para tranquilizarse y borrar del todo el rastro que habían dejado las lágrimas que hacían brillar, de un modo especial, el azul de sus ojos.

Se levantó, atravesó la sala con el semblante serio, bajó por las escaleras de emergencias y salió por la puerta que daba a la primera planta del garaje. A lo lejos divisó el coche en el que estaba sentado

Gutiérrez, que se entretenía con algún juego de su teléfono móvil. Se subió y, con un ademán de la cabeza, indicó al agente que se pusiera en marcha, mientras él volvía a releer el informe que habían elaborado los agentes. Después de un buen rato de conducción, el oficial le comentó:

—Curioso nombre para una calle, El Patio de los Cangrejos.

—Sí, curioso e interesante. Hace referencia a los botes de Vela Latina Canaria. ¿Conoce usted ese deporte?

—No muy bien, pero algún que otro sábado los he visto navegar por la bahía.

—Pues debería verlos, son todo un espectáculo. Pues como le decía, para los boteros, cuando un bote trabuca, se va al Patio de los Cangrejos.

—¿Trabuca?

—Que zozobra, que se va al fondo —se explicó Fabelo.

—Ah, ya. Es que llevan unas velas muy grandes para un casco tan pequeño y claro, mantenerse a flote no debe ser una tarea fácil.

—Sí, muy grandes, ahí está lo magnífico de ese deporte.

—Ya estamos llegando. ¿Qué número de portal era? —preguntó el oficial, cambiando rápidamente de asunto.

—El ciento sesenta y siete.

Gutiérrez redujo dos marchas para disminuir la velocidad e ir viendo los números de los portales y parar lo más cerca de la vivienda. El automóvil policial se detuvo delante del número indicado. Los dos policías se bajaron casi a la vez. El oficial se dirigió directamente al portero automático y tocó. Después de unos instantes, Marcos contestó:

—¿Sí?

—Somos agentes de policía. Preguntamos por Marcos Hernández Alcaizín —dijo el subinspector Fabelo tomando la palabra.

—Sí, soy yo. ¿En relación con qué asunto? — preguntó Marcos, amarrando en corto las palpitaciones de su corazón que, desde hacía cinco segundos, habían salido desbocadas por el torrente sanguíneo.

—Nos abre y se lo comunicaremos en persona.

—Vale, vale —dijo, accionando el botón rojo del telefonillo y pensando que las cosas siempre terminan complicándose, irremediablemente, cuando hay un fiambre por medio.

Los dos agentes subieron las escaleras. Mientras, el subinspector sacaba del bolsillo trasero de su pantalón vaquero su identificación.

—Buenos, días. Yo soy el subinspector Fabelo —le dijo, al tiempo que le ensañaba la placa policial—, y nuestra visita tiene relación con una denuncia que presentó usted en el mes de abril sobre un cadáver.

—Ya hablé con dos compañeros suyos y el tema quedó resuelto en su momento.

—Vamos a ver, como usted ha dicho, quedó resuelto en su momento. Pero han surgido una serie de dudas que queremos despejar con una nueva declaración. Así que nos gustaría que nos volviera a relatar lo que sucedió. No tenga prisa, tenemos todo el día.

—Como ya les dije a sus compañeros, me levanté y me encontré un cadáver en la bañera. Llamé al 112 para informar del asunto, bajé al garaje y cuando subí ya no estaba. Y como les dije en mi primera declaración, yo estoy siendo vigilado y casi perseguido por *La Organización*. Además sus colegas hablaron con el sargento Monagas y él les aclaró todo el asunto. Yo no tengo más que decir.

—¿Usted recuerda el aspecto que tenía el cadáver? Si le enseñamos algunas fotos, ¿lo reconocería? — preguntó el subinspector Fabelo.

Marcos recordaba perfectamente el aspecto que tenía Pancho pero, claro, no se lo iba a decir a los maderos porque si lo hacía, sus problemas, que ya no eran pocos, se multiplicarían exponencialmente. Así que sacando fuerzas de donde no las tenía y mintiendo, dijo:

—Uff, no creo que fuera capaz de hacerlo. Lo recuerdo vagamente. Sé que era un hombre moreno, pero poco más. Me encantaría ayudarles, pero...

—No obstante, nos gustaría, si usted no tiene inconveniente y quiere colaborar, que nos acompañase a la central para enseñarle una serie de fotos —dijo el subinspector Fabelo.

—No es problema. Estamos para colaborar con las Fuerzas y Cuerpos de la Seguridad del Estado —respondió Marcos interpretando a la perfección, nota a nota, lo que le había dicho su primo Dalmacio. Si se mantenía en lo dicho, poco podían hacer los maderos; si no hay pruebas forenses, no hay caso. Con pruebas circunstanciales, no podían enviarlo a chirona.

Marcos les preguntó que si podían esperar un poco, ya que quería darse una ducha antes de salir. Cuando vio que los agentes abandonaban su casa, montó sobre la marcha su teléfono móvil con una de las tarjetas que le había comprado al viejo hindú y marcó el número de su primo. Después de tres tonos, Dalmacio contestó al otro lado.

—¿Sí?

—Primo, la policía ha estado aquí. Ahora voy para la comisaría. Todo va como lo habíamos planeado. Corto y cierro.

Cuando quiso contestar, Marcos ya había colgado al otro lado de la línea. En ese momento deseó que su primo siguiera al pie de la letra lo que habían planeado, pero eso era jugársela a un solo número y el asunto no estaba para loterías.

La detención

Marcos estuvo en la Jefatura de Policía más de una hora, durante la cual estuvo viendo cincuenta fotos, entre las que se encontraba la de Pancho, aunque manifestó no conocer a ninguno.

El subinspector Fabelo lo dejó marchar porque hasta ese momento no tenía prueba alguna que lo relacionara con la muerte de Edelmiro.

Después de abandonar la Jefatura, Marcos volvió a montar la tarjeta pirata en su móvil y llamó a su Primo.

—¿Primo?

—¿Qué pasó, Marcos?

—Fui a la central de la Policía y me enseñaron algunas fotos, entre las que estaba Pancho. Pero les dije que no conocía a nadie.

—Perfecto. Lo importante es que te mantengas siempre en la versión inicial, nunca te salgas de ella, porque desde que aten algunos cabos, volverán.

—No lo creo..., no tienen nada.

—Casi siempre tienen algo. La policía no es tonta y más pronto que tarde empezarán a tirar del hilo, y tu nombre volverá a aparecer como por arte de magia.

—¡Joder! Esto va a acabar conmigo.

—En estos momentos hay que estar tranquilos, siguiendo el plan establecido. El que se mueva sale en la foto. En el peor de los casos, te detendrán, pero no tienen nada contra ti. No olvides que yo estaré aquí fuera apoyándote. A partir de ahora, no me llames, y si lo haces, no menciones para nada este asunto. Solo hablaremos en persona de este tema.

—Vale, vale. Este es un jodido complot de *La Organización* para enchironarme. Me la están metiendo bien metida.

—Bueno, bueno, pues lo dicho. Si tienes algún problema, llámame a la hora que sea. Espero que todo se quede aquí, pero dudo mucho que así sea.

—¡Coño! ¡Qué pocas esperanzas me das!

—No te preocupes, al final todo saldrá bien.

—Eso espero —dijo, cortando la comunicación.

Esa misma tarde, el subinspector Fabelo y el oficial Gutiérrez se dirigieron hacia la calle Molino de Viento para entrevistar a las prostitutas y saber algo más de las circunstancias del asesinato de Edelmiro.

En un primer momento ninguna mujer supo decirle, a ciencia cierta, nada que aclarara algo el asunto, hasta que se encontraron con Palmira.

—Buenas tardes, somos agentes de policía —le manifestó el subinspector, mostrándole su identificación—, y queremos hacerle una serie de preguntas.

—Yo no sé nada de nadie ni de nada —les espetó de una manera esquiva.

—Por lo pronto, necesitamos que se identifique. ¿Cuál es su nombre?

—Palmira Ruiz Montelongo.

—¿Tiene algún tipo de documentación que lo acredite?

—Sí por supuesto, tengo mi pasaporte y mi permiso de trabajo —les dijo, mientras buscaba en el interior de su bolso negro—. Aquí los tiene.

El subinspector Fabelo estuvo un minuto leyendo todos los datos del pasaporte y el permiso de trabajo, hasta que le dijo:

—No parece que esté usted trabajando de camarera.

—Ya, la vida de una inmigrante es dura, señor. Vine a trabajar como camarera, pero las cosas no terminan nunca como una quiere y acaban jodiéndose por todos lados. No crea que me gusta estar aquí.

—Entonces vamos al grano, que es lo que nos interesa. ¿Conocía usted a un tal Edelmiro Calderón Cabezas?

—¿Edelmiro?

—Fíjese bien en esta foto, ¿lo conoce?

—Ah, este es Ed. Hace ya algunos meses que no lo vemos, de la noche a la mañana desapareció sin dejar huella. Muchas pensamos que lo habían quitado de en medio. Siempre andaba metido en asuntos turbios. Él nos ofrecía protección a cambio de una pequeña cantidad de dinero, pero era un buen tipo.

—Pues ahora está durmiendo el sueño de los justos en el otro barrio porque ha aparecido muerto en el vertedero municipal.

—Es una pena, porque no era mala gente, pero como suele ocurrir, el que juega con fuego casi siempre acaba quemándose.

—¿Tenía enemigos conocidos? —le preguntó Gutiérrez.

—Todos tenemos enemigos y más, los que trabajamos al filo de la navaja. Él siempre estaba en ese filo y no me extraña nada que alguien se la tuviera jurada.

—¿Sabría decirnos cuándo desapareció?

—A ver..., espere…

Palmira buscó dentro de su bolso, sacó de su cartera un pequeño almanaque de la Virgen de Chiquinquirá, patrona de Colombia, en el que ella anotaba fielmente los pagos que le hacía a Edelmiro.

—Mire, aquí está claro. Yo anotaba todos los días de pago, y el último fue el 18 de abril, que fue viernes. Y fíjese, el viernes 25 está en blanco —le dijo, enseñándole el calendario al subinspector—. Pero le digo más, creo recordar que hablé esa misma semana con él, pero no recuerdo el día exacto.

Fabelo cogió el almanaque y lo miró con detenimiento. Efectivamente todos los viernes estaban señalados hasta el 18 de abril de 2009.

—¿Nos podemos quedar con el almanaque? Puede ser una prueba fundamental para resolver el caso.

—Claro, no hay problema, tengo más de mi virgencita de Chiquinquirá.

Sin saber muy bien por qué, el subinspector sacó el expediente, anotó la posible fecha de la desaparición de Edelmiro y leyó la fecha en que Marcos había denunciado la aparición del cadáver: 25 de abril de 2009. Miró a Gutiérrez y le preguntó a Palmira:

—¿Conoce usted a Marcos?

—¿Marcos? Solo conozco a un Marcos, un cliente mío. Lo veo todos los jueves. Voy a su casa, es buena gente y paga muy bien.

—¿Sabe dónde vive?

—Sí, claro, en la calle El Patio de los Cangrejos, 167.

—De acuerdo. No la molestamos más. Tenemos mucho trabajo que hacer.

Los dos policías se alejaron de Palmira, que los miraba de soslayo, y se introdujeron en el *K*. Una vez dentro, el subinspector comentó:

—Parece que el amigo de esta mañana tiene alguna relación con el muerto. Vámonos directamente a la central, que quiero hablar con Ramírez para proceder a la detención del pájaro este, interrogarlo y a ver por dónde nos sale.

—Pero por ahora solo tenemos pruebas circunstanciales —dijo el oficial Gutiérrez.

—¿Cuántos casos hemos comenzado con pruebas circunstanciales y luego hemos resuelto? Por ahora es lo único que tenemos sobre este caso. Tenemos un muerto que era chulo de la tal Palmira, que ofrecía sus servicios al pollo este, y lo más importante, en la misma fecha que desapareció, este nos llama denunciando que hay un muerto en la bañera. Creo que eso es mucha coincidencia, demasiada para mi gusto.

Gutiérrez condujo en silencio hasta la central, mientras que el subinspector ya estaba dándole vueltas a lo que le iba a decir al inspector Ramírez y las preguntas que le iba a plantear al futuro detenido.

Ramírez escuchó con detenimiento todo el razonamiento que le hizo el subinspector Fabelo, sobre el caso, le planteó una serie de dudas de carácter legal y al final dio el visto bueno a la detención de Marcos porque, principalmente, confiaba por completo en su subordinado, que en todos los años que llevaba de servicio nunca había actuado fuera de la Ley. No obstante, en este caso, Ramírez tenía algún tipo de recelo, aun así, lo dejó correr.

Eran las diez de la noche cuando los dos policías salieron en dirección a la casa de Marcos. Al llegar, tocaron en el portero automático y el sospechoso contestó:

—¿Sí? ¿Quién es?

—Nuevamente la Policía. Ábranos la puerta —le dijo el subinspector en un tono serio y seco.

—Ya le dije todo esta mañana. No tengo nada más que decirles.

—Ábranos la puerta si no quiere tener más problemas de los que ya tiene.

—Vale, vale, ya les abro —dijo Marcos con resignación.

Los dos policías subieron con paso ligero las escaleras, al llegar al rellano se encontraron con Marcos, que tenía el semblante serio, y al verlos preguntó:

—¿Qué es lo que ocurre?

—Queda usted detenido como sospechoso del asesinato de Edelmiro Calderón Cabezas.

—Yo no tengo nada que ver con la muerte de ese señor ni con la de nadie.

—Pues entonces no tendrá ningún tipo de problema.

Marcos apagó las luces de su casa. Mientras lo hacía, recordó las palabras de su primo Dalmacio: *En el peor de los casos, te detendrán, pero no tienen nada contra ti.*

El oficial procedió a esposarlo, pero con un gesto el subinspector le indicó que no hacía falta, y los tres salieron juntos, camino de la Jefatura de Policía. La noche iba a ser muy larga.

El interrogatorio

Al llegar a la Jefatura, Marcos tuvo que entregar todo lo que llevaba encima. Lo condujeron a una de las salas de interrogatorio de la quinta planta, en la que Gutiérrez le informó de los derechos que le asistían. Marcos no manifestó nada y estuvo unos minutos sentado en la silla mirando hacia el suelo, hasta que preguntó:

—¿Puedo hacer una llamada?

—Eso no es posible. Dígame a quién quiere que le comuniquemos que usted está detenido.

—A un familiar, concretamente a mi primo.

—¿Cómo se llama?

—Dalmacio Hernández Abrante, pero necesito mi teléfono móvil porque no sé el número de memoria.

—De acuerdo.

Gutiérrez apuntó el nombre en un pequeño bloc y salió de la habitación. Después de unos minutos regresó con el aparato telefónico del detenido y se lo entregó. Marcos lo encendió, buscó en la agenda el número de su primo y le devolvió el aparato.

El oficial volvió a salir y desde el primer teléfono que encontró, marcó el número que tenía en la pantalla del móvil. A los seis tonos, Dalmacio contestó:

—¿Sí?

—¿El señor Dalmacio Hernández?

—Sí, ¿quién es?

—Le llamo de la Jefatura Superior de Policía de Las Palmas de Gran Canaria…

Dalmacio, automáticamente, pensó que habían detenido a su primo.

—¿Qué sucede? —le interrumpió, alterado.

—Es para comunicarle que Marcos Hernández Alcaizín se encuentra detenido en nuestras dependencias, como sospechoso de un asesinato.

—¿Qué me está diciendo? ¿Cuándo lo han detenido?

—Por ahora, no podemos darle más información. Buenas noches —dijo el oficial Gutiérrez cortando la comunicación.

Dalmacio se quedó un instante pensativo, cavilando qué debía hacer. Instintivamente, buscó el número de su viejo amigo del instituto, Bencomo Morato, al que hacía solo unos meses había encontrado en Facebook y que había terminado la carrera de Derecho se había especializado en Penal. Después de los saludos iniciales y de la correspondiente explicación de la situación de su primo, quedaron en verse delante de la Jefatura de Policía en veinte minutos.

Mientras, en las dependencias de la Supercomisaria, el subinspector Fabelo estaba a punto de comenzar el interrogatorio. Entró con cierta parsimonia, acompañado de su compañero, dio dos vueltas alrededor de Marcos y le preguntó:

—¿Conoce usted a Palmira?

—Sí, es una amiga.

—¿Una amiga? Yo diría otra cosa...

—Usted puede decir lo que quiera, pero es una amiga

—A una amiga no se le paga para beneficiársela.

—Bueno, usted lo ve de esa manera, yo lo veo de otra. La ayudo económicamente y ella me ayuda a mitigar un poco mi soledad.

—¡Qué romántico! —dijo Fabelo con sarcasmo—. ¿Usted sigue manteniendo que no conocía a Edelmiro?

—Ya les dije que no esta mañana y se lo vuelvo a repetir.

—¿Usted sabía que Edelmiro era el chulo de Palmira?

—Ella nunca me contó que tuviera un chulo, y si lo tenía, no me interesaba.

—¿Nunca quiso ir más allá con Palmira?

—No lo entiendo, ¿a qué se refiere?

—Sí, hombre, si se enamoró de ella, si la quiso sacar de todo ese mundo. Es una chica muy atractiva. Eso es muy frecuente entre clientes y prostitutas.

—Alguna vez sí que se lo dije, que si quería dejar ese mundo, siempre podría contar conmigo, pero ella nunca me dijo nada al respecto, porque me imagino que no vería otra salida. ¿Podrían traerme un poco de agua?

—Por supuesto.

Al cabo de unos instantes vino Gutiérrez con un vaso de plástico lleno de agua. Marcos lo miró y dijo:

—Me gustaría que me la dieran embotellada y precintada. Fuera de mi casa nunca bebo agua que no esté precintada.

—¿Tiene miedo de que lo envenenemos?

—Eso no se sabe, los tentáculos de *La Organización* llegan a todos lados. Apuesto diez a uno a que estoy aquí por ellos. Lo han enredado todo para que termine aquí.

—¿Qué es *La Organización*?

—Es un grupo organizado de las altas esferas que llevan años haciéndome la vida imposible, controlando todos mis movimientos, porque piensan que tengo información valiosa sobre ellos. Pero yo no tengo nada. En alguna ocasión han intentado matarme, estrellando mi coche contra un muro, pero no lo han conseguido; incluso una vez me tatuaron un código de barras en una de mis pupilas para controlarme, pero logré desactivarlo a tiempo.

Fabelo se quedó unos instantes pensando si efectivamente el tipo al que estaban interrogando estaba como una cabra o simplemente estaba interpretando un papel.

Se llevó aparte a Gutiérrez, le dijo que fuera inmediatamente a la Jefatura de la Policía Local, que trajera una copia del atestado al que se hacía referencia en el informe y que localizara al Sargento Monagas.

Marcos vio como abandonaba la sala el oficial, entonces el subinspector volvió y le dijo:

—Por hoy es suficiente. Mañana será otro día. Tengo que hacer unas diligencias.

—Por mí no hay problema, no voy a ir a ningún lado —le contestó Marcos algo irritado.

El subinspector salió a esperar la llegada del oficial Gutiérrez, porque no quería seguir con un interrogatorio que luego no sirviera para nada en absoluto, porque si resultaba que este individuo estaba desequilibrado y todo lo del muerto era pura invención, podría tener algún problema.

Después de una hora, cuando estaba tomándose un café, vio como aparecía Gutiérrez con una documentación bajo el brazo. Al mismo tiempo, un oficial le comunicó que el abogado de Marcos, un tal Bencomo Morato, había presentado escrito de Habeas Corpus.

El oficial Gutiérrez se sentó junto al subinspector, después de sacar un café de la máquina, y comentó:

—Me he leído el informe del Sargento de la Policía Local y está claro, parece que este tipo no está bien de la cabeza.

—Pero ¿pudiste hablar con el Sargento? —le interrumpió el subinspector.

—Sí, me dijo que el tipo mantenía, hilo por pabilo, toda esa locura de *La Organización*. Que le hicieron el control de alcoholemia y no tenía ni un gramo en sangre. También me manifestó que él pensaba que el tipo está como una regadera y que es muy posible que se haya inventado todo ese asunto.

—¡Me cago en todo lo que se menea! Estoy convencido de que este pellejo tiene algo que ver con la muerte del colombiano, pero sin pruebas y sin una confesión, estamos con el puto culo al aire. Encima, ahora con el HC[5] tenemos menos tiempo para interrogarlo. Tenemos que sacarle una confesión, si no, tendremos que ponerlo en libertad o llevarlo ante el juez y si lo llevamos ante el juez solo con pruebas circunstanciales, se nos caerán los cojones.

El subinspector se percató nuevamente de que cuando estaba sometido a presión, los tacos le salían sin control, pero ahora eso daba igual.

—Bueno, visto lo visto, hay que actuar rápido, tenemos esta noche para sacarle una confesión y habrá que apretarle las tuercas.

Fabelo se levantó después de tomarse el último buche del cortado y sintió unas ganas increíbles de echarse un cigarro, pero hacía mucho tiempo que había dejado la mierda del tabaco como para volver a caer y pensó que no sería una buena idea. Le dijo a Gutiérrez que trajera al sospechoso a la sala de interrogatorios.

Después de unos minutos, entró el subinspector en la sala y, al entrar, Marcos preguntó:

—¿Esta es una nueva estrategia de interrogatorio? ¿No me había dicho usted que hasta mañana, nada de nada?

—Sí, se lo dije, pero los acontecimientos se han precipitado. Su abogado ha presentado un escrito de Habeas Corpus.

—¿Mi abogado? ¿Habeas Corpus?

—Parece que su primo se ha movido muy rápido. Pero no tengo tiempo de exponerle detalles técnicos, porque explicárselos no va a cambiar mucho la situación. Volvamos al punto en el que lo dejamos hace un rato. Usted mantiene que no conocía a Edelmiro, pero resulta que, de alguna forma, este colombiano está relacionado con usted por dos razones simples: la primera, era el chulo de su putita y la segunda, usted denunció que había un muerto en su bañera justo el día que este tipo desapareció de la faz de la tierra. Blanco y en botella. Mi olfato me dice que tienes algo que ver con la muerte de este tío. Seguro que se presentó en tu casa para advertirte que dejaras en paz a su puta, que no estuvieras metiéndole pajaritos en la cabeza, se puso violento, te amenazó, llegaron a las manos y resultó muerto.

—Un buen guion para una película, pero no tengo nada que ver con ese crimen. Ustedes quieren dar carpetazo al caso y me quieren endilgar el muerto. Pero les vuelvo a repetir, soy inocente —dijo el sospechoso con tranquilidad.

—A ver, Marcos, ¿quién ha hablado de crimen? —le manifestó en un tono más coloquial—. Según el forense, murió de un golpe en la cabeza y no hay otros signos de violencia. ¿Qué pasó aquella noche? Vino a verte, la cosa se puso al rojo, lo empujaste, se golpeó en la cabeza y se rompió el cuello. Seguro que fue en defensa propia. Eso lo podrá defender tu abogado ante el juez, porque no hay pruebas evidentes de ensañamiento; el fiscal podrá pedir, como mucho, homicidio involuntario, pero con un abogado hábil y con un jurado a tu favor, la cosa no pasaría de la defensa propia.

—Usted me quiere enredar con este asunto, y yo me mantengo en lo que he dicho. No sé nada del colombiano.

—Vamos a recapitular. El jueves por la noche, vino Palmira, estuvo contigo un par de horas, se fue y en la madrugada apareció Edelmiro para tener unas palabras contigo.

—Sí, Palmira estuvo conmigo más de tres horas, la invité a cenar en mi casa. Cuando se fue, yo me metí en la cama hasta el día siguiente. Eso es lo que pasó.

—Bueno, pues hablemos del muerto de la bañera, porque eso no lo podrás negar.

—No, no lo niego. Había un muerto en mi bañera, pero luego desapareció, se lo llevaron. Como les he dicho, por activa y por pasiva, todo es un montaje de *La Organización,* que lleva mucho tiempo intentado joderme la vida.

—¿Cómo llegó el muerto a tu casa?

—No tengo ni idea, cuando me levanté estaba en la tina, con las manos atadas a la espalda.

—¿Con las manos atadas? Eso no estaba en el informe.

—Sí. Se lo comenté a sus compañeros en su momento.

—¿Y cómo te explicas que Edelmiro también tuviese las manos atadas a la espalda?

—No tengo ni idea. Yo solo les digo lo que vi. Es más, ¿ustedes creen que si yo hubiera asesinado al colombiano, hubiera llamado a la policía? ¿Meterme yo solito en la boca del lobo?

Fabelo reflexionó sobre lo último que había dicho Marcos y sobre la marcha, le comentó:

—Bueno, podrías haber tenido con él, algo más que palabras, matarlo, asustarte, llamar a la policía, luego arrepentirte y deshacerte del cuerpo.

—¿Usted ha comprobado cuánto tiempo transcurrió desde que realicé la llamada hasta que llegaron sus compañeros?, ¿a qué no pasó mucho tiempo? ¿Cree usted que tengo tanta habilidad para hacer desaparecer un cuerpo en menos de cuarenta y cinco minutos?

El subinspector miró de reojo al oficial pensando que no le faltaba razón. *Evaporar* un cuerpo a plena luz del día no era tarea fácil, si no se contaba con algún tipo de ayuda.

—¿Quizás tenga usted un cómplice…? ¿Su primo?

—Los únicos culpables de todo este asunto están en *La Organización*, ni más ni menos. Y deje tranquilo a mi primo, que mucho hace aguantando mis milongas. Una cosa está clara, ustedes no tienen nada contra mí, porque si tuvieran la más mínima prueba estaríamos hablando de otra cosa. Céntrese en buscar a los culpables dentro de *La Organización*, dentro de ella está el culpable.

Fabelo estuvo durante más de medio minuto dando vueltas por la habitación, mirando de reojo al oficial Gutiérrez hasta que, digiriéndose hacia la puerta y con una señal de su cabeza, le indicó que saliera un momento. Cuando estuvieron fuera, el subinspector le comentó:

—Cada segundo que pasa estoy más convencido de que este tipo tiene algo que ver con nuestro caso, que está metido hasta el cuello, pero también tengo claro que si no encontramos alguna prueba que lo incrimine directamente con el asesinato, este no va a soltar prenda. Tiene muy bien aprendida la lección.

—Podríamos pedir una orden de registro y darle una batida a fondo a su casa. Quizás encontremos restos biológicos del fallecido, entonces ya tendríamos una base sólida para poder relacionarlo con el crimen.

—Mucho me temo que éste está muy bien asesorado, habrá limpiado a conciencia y no encontraremos ni un pelo. Además, el juez, si no le llevamos alguna prueba contundente, no nos va a dejar ni hablar. Con pruebas circunstanciales no vamos a llegar muy lejos.

—Entonces ¿qué hacemos?

—Pues lo primero, dejar en libertad al pollo este, no quiero presentarme ante el juez sin nada claro, y segundo, seguir investigando. Vete preparando una solicitud al juez para pinchar los teléfonos móviles de este y de su primo a ver si logramos registrar algo.

—Si quiere, puedo apretarles las clavijas un poco, a lo mejor se nos acojona y suelta prenda.

—Ya te digo que este se sabe muy bien la lección, no vamos a sacar nada de nada y lo menos que quiero es tener problemas con su abogado ahí sentado en la sala de espera. Así que, lo dicho, déjalo en libertad a ver si en los próximos días podemos averiguar algo más consistente para poder llevarlo ante el magistrado.

—De acuerdo.

El subinspector se dirigió hacia su despacho pensando en todo este asunto. Era la primera vez, en mucho tiempo, que le habían dado con la puerta en las narices. Se sentía frustrado y también cabreado. Pero la Policía siempre tiene tiempo, mucho tiempo.

Gutiérrez entró en la sala de interrogatorios y le dijo a Marcos que ya podía irse. Este se levantó y siguió los pasos del oficial, que lo condujo a recoger sus efectos personales.

Al salir se encontró con su primo y el abogado Bencomo Morato. Eran las dos de la mañana.

Dalmacio lo miró y le dijo:

—¿Cómo estás?

—Una experiencia nada agradable. Lo único importante es que ya estoy fuera y que *La Organización* no se ha salido con la suya. Gracias por acudir tan rápido.

—Suele surtir ese efecto cuando no tienen mucho en que basar la detención —dijo el abogado—. Por cierto, ¿qué es *La Organización*?

—Son un grupo... —empezó a decir Marcos.

—Mejor —lo cortó Dalmacio— es que nos vayamos, todos estamos bastante cansados.

Salieron los tres juntos, Bencomo Morato se despidió y se dirigió hacia su automóvil, y los primos hicieron lo propio, en dirección a sus casas.

Siempre se ajustan las cuentas

Transcurrieron dos días desde que Marcos hubo salido de la Supercomisaría. En ese tiempo no habían intercambiado ninguna palabra y a Dalmacio le parecía extraño que su primo no le hubiera llamado. Sin darle más vueltas al asunto, cogió el teléfono y lo llamó, pero lo tenía apagado. Ante esto, decidió ir a hacerle una visita después de salir del trabajo.

Se comió una tapa en un bar de los alrededores y se dirigió, sin demora, hacia la casa de su primo. Detuvo el coche a pocos metros del portal, se bajó y tocó en el portero automático. Esperó unos instantes a que su primo contestara, mas no obtuvo respuesta. Volvió a insistir, pero con el mismo resultado. Lo volvió a llamar por teléfono y continuaba apagado. Se subió a la cancela y pudo ver que la puerta del garaje estaba abierta, su coche dentro, la puerta principal entreabierta y una ventana de la planta de arriba con un cristal roto. A partir de ese momento comenzó a preocuparse. La cosa no pintaba bien.

Sin perder un instante, llamó al 112 para denunciar un posible allanamiento. A los pocos minutos, se presentó un coche patrulla de la Policía Nacional.

—Buenos días, ¿qué ocurre?

—Buenos días. Aquí vive mi primo. Estoy intentando hablar con él, pero tiene el móvil apagado, he tocado varias veces en el timbre y tampoco responde. Me he subido a la cancela y he visto uno de los cristales roto.

—Volvamos a insistir con el portero automático.

Uno de los oficiales, el que parecía llevar la manija, se acercó al aparato y tocó en el botón que accionaba el portero. Se oyó, con claridad, el sonido metálico del timbre que retumbaba dentro de la casa. Volvió a insistir hasta por tres veces, pero sin obtener la debida respuesta. Miró a su compañero y dijo:

—Nada de nada. Voy a saltar y a entrar —miró a Dalmacio y le preguntó: — ¿Tiene perro?

—No, no tiene.

El policía saltó con mucha agilidad, haciendo alarde de una preparación física excepcional. Cuando estuvo dentro, abrió y Dalmacio entró seguido por el otro oficial.

Al empujar la puerta de entrada, vieron que toda la escalera y las paredes estaban totalmente manchadas de sangre. El agente se detuvo, abriendo las manos en cruz, y dijo:

—Aquí nos quedamos. Hay que llamar a la central, esto está lleno de sangre y no quiero contaminar la escena.

Se dirigió hacia fuera, indicando con un gesto de su mano derecha que lo siguieran hacia la entrada, y una vez en la cancela, llamó por su walky comunicando que había un posible homicidio. Con posterioridad, se dirigió al coche patrulla, acompañado de su compañero, y cogió la cinta para acordonar el perímetro de la casa de Marcos.

Se dirigió a Dalmacio y le dijo:

—Ahora tenemos que hacer una pequeña diligencia de constancia de hechos.

El oficial tomó todos los datos para hacerlos constar en la diligencia que posteriormente se incorporaría al atestado.

Después de media hora, se presentaron tres coches patrulla y un coche camuflado, en el que venía el subinspector Fabelo.

Los primeros en entrar fueron los de la policía científica, para repasar toda la escena en busca de restos que pudieran ser utilizados en la investigación. A continuación, entró Fabelo que, antes de entrar, echó una mirada rápida a Dalmacio.

Después de treinta y siete minutos, salió el subinspector, seguido del oficial Gutiérrez, y se dirigió a Dalmacio:

—¿Usted es el primo de Marcos?, ¿Dalmacio?

—Sí. ¿Dónde está mi primo?

—No está en la casa, pero la cosa no tiene muy buena pinta. Está todo lleno de sangre y no hay rastro de su primo. Como usted sabe, estuvo detenido como sospechoso del asesinato de un colombiano, y mucho me temo que este asunto tiene que ver con esa muerte. Los colombianos no se andan con chiquitas a la hora de ajustar cuentas.

—Mi primo no tuvo nada que ver con ese asesinato. Ustedes han levantado tanta polvareda con ese asunto, que seguro que los amigos del muerto se han enterado y habrán venido a preguntarle de esa forma tan particular que tienen ellos de averiguar las cosas.

—Nosotros hemos cumplido con nuestro trabajo.

—Sí, claro, eso no lo dudo. Pero ¿dónde está mi primo?

—Por nuestra experiencia, hay pocas posibilidades de encontrarlo con vida, los ajustes de cuentas acaban como acaban.

—Y ahora, ¿qué van a hacer?

—Esperar a que la científica haga su trabajo, pero ya le adelanto que esto no es de hoy para mañana, podemos tardar semanas en sacar algunas conclusiones.

—Les dejo mi número de teléfono para que me localicen si hay alguna novedad.

—Ya tenemos su número y no dude que lo llamaremos, estamos muy interesados en localizar a su primo.

—¿Todavía siguen pensando en relacionarlo con la muerte del colombiano? ¿No tienen ya suficiente?

—El caso no está cerrado, y como tal, seguimos todas las líneas de investigación, y en una de ellas está su primo.

—De acuerdo. ¿Ya me puedo ir?

—Sí, claro.

Dalmacio se despidió de los agentes de policía, se subió a su coche y se dirigió hacia su casa.

Ya en su domicilio, pensó en todo lo que estaba pasando en su vida, que todo se había complicado sobremanera, con un muerto encima de la mesa, su primo desaparecido y, casi con toda seguridad, asesinado en cualquier descampado, tirado como un perro con un tiro en la nuca.

Decidió tomarse un somnífero para poder conciliar el sueño. Así que cogió una de aquellas pastillas bicolor que dormían en una parte perdida de su cajón, se la tomó con un buen vaso de agua y a los quince minutos, un sopor lo fue invadiendo, poco a poco, hasta que cayó redondo en la cama.

Pasadas las nueve de la noche su teléfono móvil comenzó a sonar de aquella manera tan particular. En un primer momento, no sabía ni donde estaba. La pastilla había hecho muy bien su trabajo. Buscó a tientas el aparato que no dejaba de sonar, miró la pantalla y no reconoció el número. Dudó unos instantes si contestar o no, porque su cuerpo le pedía seguir durmiendo, pero al final se decidió por lo primero y contestó. Al accionar el botón verde, un grito ronco y gutural salió de su teléfono:

—¡Primo! ¡Primo!

—¿Marcos? ¿Dónde estás?

—Casi no puedo hablar. Tengo la garganta seca y con sabor a sangre. No sé dónde estoy. Creo que tengo las piernas rotas y me duele mucho la cabeza.

—Tranquilo, primo, tranquilo. Escúchame, ahora voy a colgar. No apagues en ningún momento el teléfono. Voy a llamar a la policía, ellos sabrán como localizarte, tienen las herramientas necesarias para ello.

—Estoy acojonado, no sé si esos cabrones van a volver.

—No volverán, Marcos, no volverán. Eso, cuelgo y en nada estamos allí.

Sin vestirse, marcó el 112, y le comentó al operador que tenía información sobre un secuestro y que quería ponerse en contacto con el subinspector Fabelo de la Policía Nacional. En menos de medio minuto, su teléfono volvió a sonar y contestó:

—¿Sí? Dígame.

—Soy el subinspector Fabelo. ¿Qué ocurre?

—Mi primo está vivo. Me ha llamado. Pero no sé dónde está, me ha dicho que está malherido y que tiene las piernas rotas. He pensado que ustedes podrían localizarlo a través del teléfono móvil.

—¿Me imagino que tendrá el número grabado en el móvil?

—Sí claro, aquí lo tengo.

—Pues démelo para llamarlo e intentar localizar el lugar en el que se encuentra.

Dalmacio le dio el teléfono y Fabelo le dijo:

—Espere en su casa. Una unidad estará ahí en unos minutos. Lo localizaremos.

—¿Les doy mi dirección?

—No hace falta, ya sabemos dónde vive.

—De acuerdo. Aquí los espero.

Después de diez minutos, le tocaron en el portero automático y pudo ver que eran los policías nacionales que lo iban a llevar a la Supercomisaría. Bajó tan pronto como pudo y se encontró con los agentes, que con un gesto le indicaron que se subiera al coche patrulla. Dalmacio, en silencio, se sentó en los asientos traseros del automóvil, esperando que la tecnología, esta vez, jugara a favor de su primo y que fuera localizado lo antes posible.

Cuando llegó a la central de la Policía Nacional, uno de los funcionarios lo llevó hacia las dependencias interiores, se detuvieron ante el control de la entrada para que le tomaran los datos y darle una tarjeta de identificación. Después de caminar un minuto, subieron en el ascensor hacia la cuarta planta, en el que se encontraba el subinspector. Entraron en la sala de comunicaciones, donde estaban los agentes que habían utilizado el programa informático SITEL[6] para localizar a su primo. Fabelo, al verlo, se dirigió hacia él y le dijo:

—Ya hemos hablado con él, se encuentra malherido. El médico que lo atendió por teléfono, nos ha comunicado que tiene las dos piernas rotas, una herida abierta y que es muy posible que tenga algún tipo de hemorragia. Hemos preparado el helicóptero medicalizado para llevarlo al hospital desde que lo encontremos. Lo tenemos localizado. Está en Vecindario, ahora estamos acotando lo más posible el lugar en el que se encuentra. Muy posiblemente esté en alguno de los invernaderos de tomates que hay por allí. Los técnicos me han dicho que en dos minutos tendrán el lugar exacto.

—Espero que lo encuentren pronto.

Justo en ese momento, le dieron al subinspector Fabelo las coordenadas exactas de la localización. En menos de un minuto tenían todo el operativo preparado, el helicóptero medicalizado salió en dirección a los parámetros que habían tecleado en su GPS y detrás, el otro aparato de la Policía Nacional en el que irían Fabelo, Gutiérrez, Dalmacio y dos efectivos de la policía científica. Al mismo tiempo, cuatro unidades motorizadas se dirigían por carretera hacia el mismo lugar.

Como había dicho Fabelo, Marcos se encontraba en un chamizo desvencijado de un invernadero de tomates de Vecindario, con las dos piernas rotas, lleno de quemaduras de cigarro, los ojos hinchados como pelotas de golf y tres cortes profundos en la cabeza. Los sanitarios lo trataron sobre la marcha, reduciendo las fracturas, aplicando frío a las quemaduras y restañando los cortes en la cabeza, mientras que los miembros de la policía acordonaban todo el perímetro, al tiempo que la científica comenzaba a tomar evidencias en el lugar de los hechos.

Cuando lo estabilizaron médicamente, lo llevaron al helicóptero para trasladarlo al hospital Doctor Negrín. Dalmacio lo siguió hasta el aparato y preguntó si podía ir con él. Uno de los pilotos miró hacia Fabelo, que con una señal, autorizó a que Dalmacio acompañase a su primo Marcos.

Sobrevolando el suroeste de Gran Canaria y con dirección al Negrín, Marcos dijo:

—¡Joder, primo! Los cabrones de *La Organización* casi acaban conmigo, pero al final no han podido.

—Ya, ya, Marcos, cuando estés recuperado me lo cuentas todo, ahora te toca descansar y recuperarte.

—Sí..., pero... —dijo, cerrando los ojos y abriéndolos, resistiéndose al efecto del fuerte sedante que le habían administrado por vía intravenosa.

Dalmacio observó cómo se dormía plácidamente, pensó que su primo se había librado de una buena y que, en el fondo, era un cabrón con mucha suerte.

Epílogo

Palmira llegó puntual, como siempre, con un vestido de color negro, ceñido, que le remarcaba todos los puntos calientes de su escultural cuerpo, sobre todo el escote, que hacía que todos los hombres, sin excepción, contuvieran el aliento a su paso y se detuvieran unos segundos a contemplar su imponente figura.

Marcos la esperaba, como todos los jueves, con la mesa del salón preparada con una suculenta cena que acompañaba con un buen rioja. Él disfrutaba sobremanera con toda esta parafernalia porque sabía que, de alguna manera, la hacía sentir diferente y única. Ella se lo agradecía con su delicada sonrisa, con sus arrumacos tiernos y atentos, y luego, con la pasión más desenfrenada de una gata en celo.

Después de la cena, vinieron el deseo y el sexo. Ella se entregaba de lleno y, aunque no lo confesaba, le gustaba como la trataba Marcos, como la acariciaba, como se entretenía en explorar cada parte de su cuerpo y, sobre todo, cómo la besaba. Incluso, alguna vez pensó que, en un futuro, podría compartir su vida con él, pero por ahora eso era imposible, porque todavía tenía alguna deuda que pagar.

A eso de las dos de la madrugada se despidió de Marcos, con un beso en los labios y después de que le entregara los 100 € por el servicio. La acompañó hacia la puerta y esperó a que llegara el taxi que con anterioridad habían llamado para que viniera a buscarla. El automóvil no tardó en llegar, Palmira se subió y él vio cómo se alejaba en la noche.

Cuando Marcos iba a cerrar, se percató de que no podía, se giró y vio con claridad un pie que impedía que la puerta se cerrara. Su primera reacción fue empujar con todas sus fuerzas porque algo le decía que la cosa no iba bien. Después del empujón, logró cerrar la cancela al tiempo que oía un grito al otro lado de la puerta. Pero en ese mismo instante, vio cómo alguien saltaba y entraba en su patio. El individuo no tenía cara de buenos amigos, llevaba un cuchillo en la mano y le gritó a Marcos mientras corría hacia él:

—Párate ahí, *Anacleto*.

Marcos se quedó paralizado, su corazón comenzó a latir de una manera incontrolable, le temblaba todo el cuerpo y un sudor frío le recorría cada poro de su piel. En ese mismo instante, el colombiano lo agarró, le puso el cuchillo en el cuello y le dijo:

—Estate quieto o te rajo.

Marcos no contestó, porque su cuerpo no respondía y los nervios le impedían articular palabra alguna.

—¡Cuánto tiempo, mamón, cuanto tiempo! ¿Cuánto hace que no nos vemos? ¿Quince años? La última vez fue... ¿lo recuerdas? ¿No? Sí, hombre, cuando apenas teníamos trece años y aquellos mal nacidos te querían violar y tuve que salir en tu defensa. No me digas que también has olvidado eso. Sí, cuando te tenían mirando para Cuenca y aquel cabrón te la quería meter por el culo. Todavía le deben de doler los cojones.

—¿Qué estás diciendo? ¿Hablas conmigo? —dijo el colombiano apretándole un poco más el cuchillo.

—No, contigo no hablo, hablo con mi hermano Marcos.

—¿Con tu hermano Marcos? Pero, ¿tú no eres Marcos? Pero ¿qué coño estás diciendo? Aquí estamos solo tú, yo y nadie más.

Marcos le dijo:

—Es una larga historia y no tengo ganas de explicártela ahora.

—Entonces, ¿quién coño eres tú?

—Yo me llamo Judas. A mi padre le gustaban mucho los apóstoles.

—Con el que quiero hablar es con Marcos.

—Pues ahora está escondido por aquí —dijo, señalándose la cabeza—, acojonado, temblando de miedo, y no saldrá hasta que todo se calme. Así que puedes hablar conmigo, si quieres, pero antes, ¿quieres apartar el puto cuchillo de mi cuello? ¿Y qué querías decirle a mi hermano?

—Que deje en paz a Palmira. Esa putita es mía y no quiero que le esté calentando la cabeza con que la iba a sacar de las calles y todas esas milongas. Ella tiene para rato y me tiene que pagar una deuda.

—Ahh, la putita de mi hermano.

—Esa puta es mía, no de tu hermano, que te quede claro… —le dijo casi haciéndole un pequeño corte en el cuello.

—Ehhh! ¡Joder! ¡Que me vas a rebanar el puto gaznate! Además, no tengo nada que ver con mi hermano y estás perdiendo el tiempo conmigo, porque por mucho que me digas a mí, cuando me vaya, él no recordará nada de nada.

—Ya me había dicho Palmira que no estabas bien de la cabeza.

—Ese es mi hermano, que está como una regadera, está viendo fantasmas por todos lados. Tenemos dos opciones, subir, echarnos unos rones, o darnos de leches, y te aseguro que no saldrás muy bien parado porque tengo un pronto muy criminal.

—No sé si fiarme de un loco que tiene doble personalidad.

—Tú verás, ya te he dicho: copas o sangre.

—Te recuerdo que tengo un cuchillo en tu cuello y la sangre será la tuya, en todo caso.

—Eso es evidente, pero si tienes ganas de complicarte la vida, tú veras; además, has venido a hablar con mi hermano, puedes decirle lo que quieras, él está oyendo todo lo que hablamos, está escondidito en un rincón porque se ha cagado en los pantalones al verte con el cuchillo. Hacía mucho tiempo que no me dejaba salir a mí. Solo le pasa cuando el terror lo paraliza. Como ya te dije, puede ocurrir que luego no se acuerde de nada, es el mecanismo que usan estos cobardes para no recordar las malas experiencias.

—O.k. Te acepto esa copita y te invito a unas rayas —le dijo el colombiano guardando el arma y subiendo las escaleras detrás de Judas.

Cuando estaban en lo más alto de la escalera, Judas se giró, le sonrió y le dijo, al mismo tiempo que le daba un empujón:

—Tú lo has dicho, no te fíes de los locos que tienen doble personalidad, más si se llaman Judas, tienen un pasado muyyyyy cabrón.

Edelmiro cayó de espaldas escaleras abajo; de un salto, Judas salió detrás de él y, cuando estuvo a su lado, lo miró fijamente a los ojos, lo cogió de la cabeza y le dijo:

—Mi hermano siempre ha sido un cobarde, pero yo, no. Además, no me gusta que lo amenaces, es un pobre diablo. Venías a darle una lección y se la habrías dado, si yo no hubiera aparecido. Así que te has encontrado con la horma de tu zapato.

El colombiano lo miró con el terror reflejado en sus ojos, mientras que con su mano derecha buscaba el cuchillo que se había caído en algún rincón de la escalera, pero Judas, después de una pequeña sonrisa, le rompió el cuello. Cogió el cuerpo por las axilas, lo subió a la casa, lo metió en la bañera y le ató las manos a la espalda. Lo registró, le quito los cinco gramos de coca y se pasó toda la noche esnifando y bebiendo hasta que cayó rendido en su cama.

Después de meses de escuchas telefónicas, el subinspector Fabelo llegó a la conclusión de que ni Marcos ni su primo Dalmacio tenían relación alguna con el asesinato del colombiano, aunque su intuición y olfato policial le dijesen todo lo contrario, pero hasta el día de la fecha no había encontrado nada que fundamentara sus sospechas. Además, estaba el secuestro exprés y la tortura a la que había sido sometido. Pensó que si los colombianos no habían logrado sonsacarle nada en absoluto era que estaba limpio, porque pocas personas aguantaban sin abrir el pico, después de que le rompiesen ambas piernas por cuatro sitios distintos.

Mientras, Marcos seguía en el hospital, recuperándose de las lesiones que le habían producido sus captores y con ambas piernas enyesadas hasta las inglés. Su primo lo visitaba todos los miércoles, a eso de las seis de la tarde.

Una de esas tardes, Dalmacio le comentó:

—Ahora que nadie nos oye, ¿cómo mataste al colombiano?

—¿Que nadie nos oye? Tú estás loco, *La Organización* no ha acabado su trabajo. Ya te lo he dicho, están por todas partes. Si me han dejado vivo, no es porque ellos hayan querido. Seguro que tienen un topo infiltrado en la policía, les informó de la operación de rescate y abortaron la operación. Así de sencillo.

Pero Dalmacio no estaba pensando en *La Organización* precisamente, sino en el subinspector Fabelo.

—Vale, vale, pues dímelo al oído.

—Pero ¡qué coño te voy a decir al oído! Ya te lo he dicho, yo no maté al colombiano. ¡Joder! Que me lo encontré en la tina. Y además, yo sé que son ellos los que lo pusieron ahí, para endilgarme el mochuelo y quitarme de en medio. Deben pensar que soy un tío peligroso para sus planes internacionales y sus contubernios políticos. Pero yo soy un tío normal. Ya me gustaría

a mí decirles que están del todo equivocados y que no sé nada de
nada.

—Pero de algo te acordarás. Nadie sube un muerto a tu casa y
tú sin enterarte…

—¿No te habrán fichado? ¿No serás uno de ellos?

—¡Vete al carajo! Mira que eres *porculero*. Es simple. Tengo
mucha curiosidad.

—¿No sabes que la curiosidad mató al gato?

—Yo no soy un gato, soy el tipo que te ha salvado el pellejo de
estar durmiendo entre rejas para el resto de tus jodidos días.

—Lo sé primo, lo sé. Pero, es que ya te lo he dicho. No tengo ni
puta idea de cómo llegó Pancho a mi bañera.

—¿Pancho? ¿Qué Pancho? —le dijo mientras se mordía la
lengua y con el dedo índice de su mano derecha hacía el gesto de
que se la iba a cortar.

—Bueno, bueno, el colombiano.

—Ya veo que sigues en tus trece y mantienes lo que le dijiste a
la policía.

—Pues claro. No tengo nada que ver con ese crimen.

—Ya te queda menos para que te den el alta y volver a tu vida
normal.

—¿Mi vida normal? Sabes muy bien que mi vida no podrá ser
normal, mientras siga en la lista negra de *La Organización.*

Dalmacio estuvo con él hasta que cayó la noche, cenó con él y
se quedó allí hasta que Marcos se durmió profundamente. Durante
unos instantes estuvo observando a su primo, reflexionó sobre todo
lo que habían pasado juntos y se le dibujó una sonrisa al recordar
sus aventuras, cuando eran niños, en aquel pueblo costero, cuando
atravesaron la mina de agua y se quedaron sin luz, o cuando
apalearon unos panales de abejas, o cuando

---

[1] Estar mal de la cabeza.

[2] Isla de Tenerife.

[3] Bañera.

[4] Denominación de los coches que utilizan los policías de
paisano.

[5] Habeas Corpus.

[6] Sistema Integrado de Interceptación Telefónica.